Le Marathon du Hareng

(Gabin Gerfaut, chasse-marée.)

Jack Coillard

Éditions de la Marmotte   2013

Le Marathon du Hareng.

Gabin Gerfaut, Chasse-marée.

Roman de Jack Coillard

INTRODUCTION

Le hareng, avant d'être saur et comme certains de ses congénères aquatiques, passe le plus clair de son temps à s'échiner, afin de trouver de quoi s'emplir la panse.

C'est en compagnie de ses trois cents tonnes de "copains comme poissons" qui forment le banc, qu'il opère au cœur des courants impétueux et à deux cents mètres de profondeur.

Lancé à cent mètres par minute, il prend, à la sauvette, juste le temps de remplir ses devoirs conjugaux avec une femelle de passage. Cette dernière, à force d'entêtement sexuel, réussira tout de même à déposer ses cent mille œufs sur un fond vaseux découvert au petit bonheur la chance durant leur long périple.

Contrairement à ce qui serait logique de penser, la sardine n'est pas le petit du hareng, elle n'en serait qu'une parente par alliance, éloignée.

Certains, en se référant aux dires de paléo ichtyologistes éclairés, pensent à tort qu'elle pourrait être, le résultat d'un mariage contracté par erreur et remontant à la nuit des temps, entre un cousin maquereau et un éperlan...

Mais le propos de cet ouvrage n'est pas de disséquer les us et coutumes de ce charmant clupéidé qu'est le hareng, ni d'en faire découvrir la fabuleuse recette qui supprimerait, enfin, tous risques d'étranglement par absorption de ses nombreuses arêtes.

Nous relaterons plutôt l'aventure haute en couleurs de sa rencontre, un jour de décembre 1606, sous une pluie battante, avec Gabin Gerfaut.

Ce jeune Picard et nouveau chasse-marée de son état l'entraînera bien malgré lui dans un interminable marathon terrestre.

I
Porteur à col.

C'est à l'époque où l'on appelait les harengs, *harrants* ou *harencq,* que, né d'un père petit pécheur Boulonnais et d'une mère, pauvre pécheresse de même origine, le jeune Gabin, du haut de ses quatorze ans décida de prendre les *choses de la mer* en mains.

Lassé de voir son père trimer et risquer sa vie sur sa frêle barcasse pour quelques poissons dégoûtés de leur existence qui n'arrivaient même pas à nourrir les trois membres de la famille, il décida de faire commerce du menu fretin.

Ce dernier, boudé par les grands chasse-marée, ceux des charrettes à chevaux qui descendaient, « *tirant leurs fourgons en chassant devant eux leurs bidets* », tels des boulets de bombardes sur un Paris affamé, serait acheté à bas prix et revendu au détail et avec bénéfice si possible, dans l'intérieur des terres.

Il avait entendu dire que certains, *porteurs à col, brouettiers* ou *charretiers à chiens,* du côté de Berck ou de Calais pratiquaient déjà ce commerce et réussissaient plutôt bien que mal à en vivre...

Ne possédant, ni brouette, ni charrette et encore moins de canidés décidés à tirer quoi que ce soit, le jeune Gabin irait à pied et deviendrait, faute de mieux dans l'immédiat : *Porteur à col.*

Contrairement à notre époque, où nos jambes ne nous servent qu'à faire des ronds, hommes, femmes et enfants peu fortunés, obligés de n'aller qu'à pied, ne rechignaient pas à taper du talon dans la poussière ou la boue des chemins creux sur 12 ou 13 lieues, si nécessaire.

La lieue équivalant, comme on le sait, à 4 kilomètres, on peut s'imaginer dans quel état d'épuisement le marcheur arrivait au but.

Ne reculant devant rien, notre jeune porteur à col, devenu membre à part entière de la famille des chasse-marée, affublé de drap en guenilles s'octroya un panier de 40 livres sur le dos, suspendu à son cou par une écharpe.

Gourdin à la main, galurin à pompons sur un crâne rempli d'espoir, après avoir fait le plein pour quelques sols, de harengs de seconde classe par la taille, mais encore « *digne d'entrer en créature humaine* », il s'élança, vers le Sud, sur le chemin d'une fortune, à ses yeux, assurée.

Mais que réservait ce premier marathon au porteur à col et ses harengs ?

II

L'apprentissage.

C'est donc sous une pluie battante que Gabin prit, d'un pas assuré, le chemin des villages alentour afin de tenter d'écouler sa marchandise.

Tout dans sa tête avait été calculé, programmé, réfléchi.

Il éviterait de perdre son temps chez les pauvres qui, sans le sou, se trouveraient incapables de lui acheter le moindre poisson même serait-il à l'état d'alevin.

Il viserait les maisons bourgeoises, commerçants, notables, couvents de nones et moines d'abbaye, bref ! tous ceux qui possédaient bourse garnie et qui seraient susceptibles d'en desserrer les cordons.

Avec grande logique, il se plaisait à dire :
« Mieux vaut passer son temps à faire fortune chez les riches, que de le perdre à ne rien gagner chez les pauvres ! »

Le bonnet dégoulinant de pluie glacée, les sabots bourrés de paille, dans la boue, il marchait à grands pas.

Il ne songeait qu'à son retour à la cabane de pêcheur familiale. Il l'espérait triomphant, la poche alourdie d'une belle collection de pièces bien méritées.

La famille était native de Cayeux, port de la Manche et capitale du Marquenterre.

Ils habitaient une cabane de pêcheur à proximité du port.

Guillaume, le père dont le nom, Gerfaut, s'était transformé en surnom " Le gerfaut" (cette fois relatif au grand faucon), pratiquait la pêche côtière avec des moyens dérisoires et comme il est dit plus haut, malgré tous ses efforts, avait de grandes difficultés à subvenir aux besoins du foyer.

La mère, Marie, jusqu'à maintenant aidée de Gabin, pour quelques oboles, s'employait à trier sur le quai la pêche ramenée par les chasse-marée à voile.

Certains poissons étaient livrés frais, d'autres passaient à la salaison, pour une meilleure conservation, avant d'être empilés et tassés dans des paniers.

Tous étaient destinés aux autres chasse-marée, ceux-là terrestres.

Les premiers redoutaient les caprices d'ordre maritime, les seconds les multiples embûches des trajets d'alors.

Ces derniers, véritables braves de la route, équipés de charrettes à quatre ou six chevaux fonçaient sur Paris, chargés de leurs *ballons de marée,* de nuit comme de jour et par tous les temps.

La nuit, seule une lanterne à bougie éclairait le chemin.

Chaque voyage devenait alors périlleuse aventure.

Leur but était d'alimenter, coûte que coûte, la capitale qu'ils atteignaient quand leurs bidets ou boulonnais, poussés au maximum, ne mourraient pas sous eux d'épuisement.

Il arrivait aussi que leurs fourgons s'enlisent définitivement dans les ornières des chemins mal entretenus, (dits : "des poissonniers", "des mareyeurs" ou tout bonnement "des chasse-marée").

Les inondations soudaines, elles aussi faisaient des victimes, entraînant parfois dans leurs courants attelages et marchandises.

C'était également sans compter sur les brigands de grands chemins, qui, armés de bâtons ou d'armes disparates fondaient sur les imprudents isolés les détroussant de leurs bourses et cargaisons.

Le chargement, ou *ballon de marée*, ne laissait aucune place disponible pour un conducteur. Seul, un jeune *voiturin* et éventuellement son chien, (souvent de race husky, ramenés à cette époque en quantités par les pêcheurs terre-neuvas), se cramponnaient comme ils le pouvaient, couchés sur ledit *ballon*.

C'était donc assis en amazone sur l'un des chevaux, afin de pouvoir sauter prestement à terre en cas d'attaque, que le chasse-marée devait rester constamment aux aguets.

Le cavalier épuisé et gagné par le sommeil, qui glissait de sa monture, avait toutes les malchances de finir écrasé sous les roues de son fourgon.

Pour ces multiples raisons, l'union faisant la force, ces derniers s'organisaient souvent pour faire le long chemin en convois.

Notre marcheur, quant à lui, avait décidé de se mesurer à la route, tout seul, au grand dam de ses parents qui avaient tenté de l'en empêcher, imaginant les dangers qui pouvaient survenir à chaque instant du parcours.

— Mon garçon, avait dit Marie, tu n'y penses pas, tu vas te faire écorcher vif par loups et brigands et moi je vais mourir d'inquiétude.

— Qu'ils y viennent ! avait répondu Gabin, s'ils ne connaissent pas le gourdin de Gabin Gerfaut, je me charge de leur apprendre de quel bois je me chauffe...

— Ma bonne Marie, chacun doit choisir sa voie, les débuts seront sans doute redoutables mais avec de la volonté, le dernier des mendiants peut devenir un homme respecté. Va petit mousse et que le vent te pousse... dans le bon sens autant que possible... avait ajouté Guillaume.

Le patriarche avait parlé !

Parmi les périls de la route, les loups qui rodaient dans certaines contrées, et que l'on signalait au mieux, étaient eux aussi à redouter. Aussi Gabin avait jugé qu'il serait préférable de passer à travers champ autant que nécessaire.

Ce choix présentait l'avantage de raccourcir le chemin à parcourir.

En outre il pourrait aussi, mieux observer la présence de bandits en quête de butins surveillant les chemins ou celle de loups à la recherche de proies.

Il éviterait ainsi, pensait-il, de se laisser surprendre par les uns ou les autres.

Le fils Gerfaut, malgré son jeune âge, était un solide et beau gaillard qui ne craignait pas les coups et savait en donner. Son bâton était fait de châtaignier. Il l'avait choisi de bois vert et lourd, à sa taille, ni trop fin, ni trop gros et d'une longueur raisonnable. Juste ce qu'il fallait pour estourbir d'un seul coup d'un seul, un importun agressif, qu'il soit homme ou bête.

Il battait du talon depuis deux bonnes heures quand, au loin, des lueurs jaunâtres percèrent la brume. Sur le qui vive, il s'immobilisa. Son regard fixa les lumières, elles paraissaient immobiles. Ce détail conforta sa première impression, tout indiquait la présence d'un premier village. Notre marcheur se remit en route.

Au fur et à mesure qu'il se rapprochait, des effluves d'âtres lui parvenaient.

Là bas il romprait quelques instants avec l'isolement et le grand silence oppressant des glèbes, bois et pacages en cette saison désertés.

Il trouverait des gens desquels il n'aurait rien à redouter, mis à part peut-être quelques refus...

Le jour commençait à se lever.

Déjà dans la brume laissée par la pluie qui s'était calmée, il distinguait les premières maisons qui le rassurèrent après son périple solitaire et nocturne.

Seule la lueur de sa pâle lanterne, piètre compagne de route, l'avait guidée jusque-là.

Il savait une adresse. Il se rendrait en premier chez Albert Gneulle, le cidrier.

On lui avait dit qu'il ne pouvait faire erreur. La ferme était la plus grande du village et se trouvait juste à l'entrée, jouxtant le pont sur la Leunelle.

Il connaissait bien Albert et Claire son épouse. Le couple venait de temps en temps au port faire ses provisions de poisson frais et ne manquait pas de s'adresser à son père quand celui-ci ramenait quelque chose de sa nuit de pêche.

Il pensait que pour ceux-là comme pour d'autres, venir apporter le poisson à domicile serait une bonne façon de leur offrir un nouveau service qu'il ne manquerait pas de se faire payer au juste prix.

« Un pas est un pas, je ne ferai pas cadeau des miens », pensait-il.

Cette initiative éviterait à ses futurs clients de faire le voyage et d'effectuer ses achats chez d'autres poissonniers.

Ceci permettrait également de réserver la pêche de son père pour la salaison ou pour la consommation familiale.

Il passa sur le pont de pierres taillées.

Quelques traînées de boue fraîche mêlées de crottin indiquaient qu'à cette heure matinale, un convoi se dirigeant vers le Sud venait de passer. Il se prit à rêver un instant qu'il serait peut-être un jour, à son tour, en possession d'un bel attelage et qu'il foncerait à bride abattue sur la capitale.

Il serait riche et respecté pour sa bravoure, comme l'étaient les grands chasse-marée.

Retombant sur terre, il poussa le portail de bois.

C'était une grande maison, tout en longueur au fond d'une cour immense où étaient disposées deux charrettes de part et d'autre du sentier d'accès à celle-ci.

Une grande échelle d'acacia était appuyée au mur en regard avec la porte d'un grenier à foin.

Une bonne vingtaine de vieux foudres, baquets et tonneaux réformés finissaient leurs longues vies, entassés à l'abandon, en bordure d'une clôture de haie vive.

On apercevait sur la gauche le pressoir à pommes, trapu comme bouddha, trônant au centre d'un chai.

D'autres tonneaux cerclés d'acier, en service ceux-là, s'alignaient sur une sorte de banc de chêne, dont la poutraison prenait toute la largeur du bâtiment.

Une odeur acide, mêlée de jus de pomme fermentés et d'écurie, planait dans l'atmosphère.

Gabin pensa au cidre sucré et pétillant qui, après son *chapeau brun* de surface, issue de la fermentation, finissait de mûrir avant sa mise en bouteilles.

Il en avait bu une fois, quant Albert Gneulle avait donné à ses parents trois flacons pour les remercier d'avoir chargé sa charrette à plusieurs reprises, quand il s'était fait prendre un poignet en cisaille dans la roue de cette dernière.

De l'autre côté du corps de ferme, provenant de l'écurie, un long hennissement, suivi d'un piétinement de sabots ferrés sur un sol de terre battue, rompit le silence. Un cheval réclamait son avoine...

Une lueur vacillante derrière les carreaux embués de la partie habitée du bâtiment indiquait que ses occupants étaient déjà à pied d'œuvre.

Tout à coup un grand chien bâtard, tiré de son sommeil par les pas du visiteur, sortit en trombe d'un des tonneaux, dont il avait fait sa niche, en aboyant bruyamment.

Gabin sursauta, mais se rendit compte rapidement qu'il avait affaire à un de ces gardiens de ferme plus tapageur qu'agressif.

Une main balaya la buée, un minuscule nez d'enfant s'écrasa sur la vitre, un autre plus volumineux d'adulte cette fois, lui succéda.

Gabin frappa à la porte et s'annonça.

— C'est Gabin Gerfaut !

Une clef que l'on tourne grinça dans la serrure. La lourde porte de chêne s'entrouvrit.

Chassant le froid extérieur, une bouffée d'air chaud chargé d'odeurs de lait bouillant et de feu de cheminée caressa le visage de Gabin qui en écarta les narines de plaisir...

— C'est toi mon garçon ? entre donc ! dit Albert Gneulle. Que nous vaut ta visite ?

— J'ai décidé de faire la route pour vendre de la marée à domicile. Ce matin, j'ai de beaux harengs tous frais déchargés.

— Tu es bien courageux, mon gars et si tu dis vrai, je serai bien disposé à devenir ton client, si au moins tu me fais un bon prix.

Gabin, espérant que le bon prix serait pour lui, tout en parlant se mit de dos à la table et se délesta de son lourd panier.

Albert s'approcha, souleva la bâche qui recouvrait le chargement. Le nez de la vitre, revenu à sa forme première, flaira le poisson, écarta, en connaisseur, les ouïes de quelques-uns.

Le garçon n'avait pas menti. Les harengs, bien que de petite taille, avaient l'œil vif et semblaient être de première fraîcheur.

— Je vais t'en prendre deux douzaines. Claire en mettra une partie au sel en attendant une nouvelle tournée.

Après un court marchandage, l'affaire fut dite.

— Veux-tu un bol de lait, demanda la maîtresse de maison.

— Ce n'est pas de refus avec ce temps froid et humide... ce matin, je suis parti sous la pluie...

— Réchauffe toi un peu, près du feu, mon gars, proposa Albert.

— C'est que je n'ai pas beaucoup de temps, dit Gabin, j'ai prévu un long circuit par l'étang de la Mire, le bois des tourbières sur le chemin de Pont-Rémy et retour par celui de Saint-Riquier. Demain je ferai un autre itinéraire... et puis, je ne voudrais pas rentrer avec de l'invendu...

Les deux gamins du couple Gneulle plantés debout, le museau au niveau de la table, les cheveux encore ébouriffés d'une nuit sous le duvet, les lèvres ourlées de crème de lait, les mains crispées sur leurs quignons de pain, regardaient bouche bée, le porteur à col.

Ils fixaient ce drôle de visiteur, comme s'il s'agissait d'une bête curieuse que la chaleur du feu de cheminée, sur les vêtements humides, contribuait à révéler des relents de fraîchin séché.

Gabin, l'estomac comblé d'aise, reprit la route. Il songeait à ces gens qui étaient bien aimables...

Ne lui avaient-ils pas demandé des nouvelles "du Gerfaut" et de sa femme en ne tarissant pas de compliments à leur égard ?

Il se dit qu'il ne trouverait pas toujours autant de gratitude et qu'il faudrait convaincre, obtenir la confiance et enfin s'imposer, comme un marchand ambulant indispensable...

Il traversait une clairière quand il aperçut, encore dans la pénombre, deux bûcherons qui, dans le bois, s'afféraient à abattre un hêtre d'apparence centenaire.

Malgré le froid, les deux hommes en petite chemise frappaient au pied le condamné de leurs cognées. Les coups claquaient avec une précision à faire pâlir d'admiration un maître horloger.

Les bruits des chocs secs et répétés retentissaient tels des tirs de mousquets en rebondissant d'arbre en arbre dans la forêt alentour, alors que des copeaux blancs tournoyaient dans les airs.

Gabin croisa les deux tâcherons, les salua de la main et les laissa à leur dur labeur.

L'un des deux hommes, alors qu'il s'éloignait, avait posé son merlin, et l'avait suivi un moment du regard...

Les coups de haches s'atténuèrent...

La brume commençait à se dissiper.

Au loin la flèche d'un clocher perçait une dernière nappe brouillardeuse attardée. Une bise pénétrante venant du Nord s'était levée pour repousser la pluie.

Gabin ne craignait pas le froid. En marchant d'un bon pas, son sang bouillonnait.

Il estimait la distance qui le séparait du village inconnu et de son église. Dans moins d'un quart de cadran, il l'atteindrait.

Cette fois, il irait en premier, proposer ses services au curé, « ces gens d'église doivent bien manger autant de poisson que d'hosties », pensa-t-il en souriant.

Ce curé de village lui indiquerait peut-être ceux de ses ouailles qui pourraient être autant d'acheteurs potentiels...

La bourgade semblait importante. Les premières rangées de maisons séparées par un chemin central en cachaient d'autres à l'arrière.

De même, à gauche comme à droite, on pouvait apercevoir des fermes plus éloignées.

L'église, peut-être moyenâgeuse, trônait au centre d'une place.

Des marronniers effeuillés, débarrassés de la brume, finissaient d'égoutter leurs branchages dénudés sur les vestiges couvrant le sol, d'une belle saison révolue.

Ils se dressaient droits et massifs, tels des gardes stoïques veillant sur l'édifice religieux.

Gabin, rattrapé un instant par ses reflexes d'enfance, botta à plusieurs reprises dans des bogues qui éclatèrent en dispersant leurs marrons vernis comme des souliers de bourgeois.

Il s'approcha du presbytère et fit vigoureusement tinter la clochette de bronze.

Une voix cria :

— Voilà ! voilà ! un instant s'il vous plait.

Le porteur à col profita de ce moment pour recaler, d'un coup de rein, le lourd panier aux harengs. Il soulagea la sangle qui lui pressait le cou, malgré le rouleau de drap protecteur que sa mère avait intercalé « pour plus de confort ! », avait-elle expliqué.

La porte, cette fois grande ouverte, vit apparaître un prêtre intrigué qui fit entrer le marchand ambulant.

— Que puis-je faire pour toi, mon garçon et que portes-tu sur ton dos ?

— Des harengs tout frais de ce matin, monsieur le Curé. Je suis Gabin Gerfaut, porteur à col. Dorénavant, si vous le souhaitez, vous n'aurez plus à vous déplacer pour faire vos provisions de poissons, je passerai régulièrement si vous acceptez de me faire confiance. J'ai comme bon client Albert Gneulle le cidrier du pont de la Leunelle.

Le curé ne répondit pas, il souleva la bâche couvrant le panier et comme Alfred le cidrier, vérifia la bonne qualité des harengs.

Quelque peu rassuré de savoir que ledit cidrier qu'il connaissait bien, avait auparavant fait affaire, il bougonna :

— Avouons qu'ils sont un peu menus, les arêtes n'en seront que plus redoutables, il faut que le coût soit en fonction de cet inconvénient, combien en veux-tu ?

Comme à la ferme Gneulle, acheteur et vendeur tombèrent d'accord sur un montant qui sembla convenable aux deux parties.

Le curé, satisfait de son marché, se lança alors dans une énumération sans fin de tous ses paroissiens qui seraient, selon lui, susceptibles de venir en aide au jeune chasse-marée pour l'écoulement rapide de sa marchandise.

Fort de cette référence, notre colporteur parfumé au fraîchin fit le tour des nouveaux clients en ne manquant pas d'annoncer :

— C'est Gabin Gerfaut, porteur à col envoyé par M. le curé Daubert !

À cette annonce, les portes s'ouvrirent comme par enchantement. Les bourses firent de même !

Gabin eut tout juste le temps d'avaler le bout de miche et de fromage que sa mère avait troussé dans une serviette pour le midi.

En milieu d'après-midi, son panier se trouva vidé de son contenu, alors que la poche de sa culotte, à l'inverse, se gonflait du fruit de la vente.

Ce fut la tête pleine de rêves et allégé de sa charge de harengs que notre jeune garçon prit le chemin du retour.

Cette première journée avait été au-delà de tous ses espoirs. Il pensait à ses parents qui seraient ravis et fiers de leur fils.

Il marchait, en sifflotant, les mains droit dans ses poches, tâtait les pièces une à une, les comptait et les recomptait dans sa tête.

Le crépuscule, accompagné de son habituel brouillard commençait à assombrir la campagne.

Le soleil qui avait percé un instant entre les nuages s'était trop vite recouché derrière la forêt. Gabin ralluma la lanterne. La pauvre flamme vacillante de la bougie éclaira mollement de sa lueur pâle le sol encore humide, permettant tout juste d'apercevoir au dernier moment le fossé à sauter ou la ronce à éviter.

Gabin, tout à son succès et perdu dans ses pensées, n'entendit pas tout de suite les pas précipités qui le rattrapaient. Surpris, il se retourna brusquement et aperçut deux ombres qui se précipitaient vers lui.

Dans un réflexe instinctif, il lança à terre le contenu de sa poche.

Avant qu'il ait pu faire un autre geste, deux hommes fondèrent sur lui et le jetèrent au sol.

Pendant que l'un d'eux l'immobilisait, l'autre le fouilla. Il ne découvrit que deux sols qui étaient restés dans la poche. Gabin ne pouvait voir le visage de ses agresseurs, mais remarqua qu'ils sentaient le bois vert...

Il comprit qu'il s'agissait des bûcherons qu'il avait aperçus le matin.

Les deux malfrats d'occasion avaient compris qu'il partait pour vendre son chargement. Ils étaient restés tapis pour guetter son retour afin de le détrousser du produit de la vente.

Mieux valait récolter la fleur que la graine...

Maintenant l'homme s'activait dans sa fouille, ne comprenant pas pourquoi le butin était aussi faible.

— Tu en as fait cadeau de tes poissons ? demanda-t-il.

— Justement, répondit Gabin en se débattant comme un beau diable, pour ma première tournée, j'ai fait cadeau de mes harengs pour donner confiance à mes futurs clients et il semblerait que j'ai bien fait...

— Sauvons-nous ! dit l'autre, on a rien à gagner avec ce gamin.

Les deux bandits bûcherons détalèrent comme ils étaient venus et disparurent dans la pénombre, laissant Gabin, à la foi, furieux de s'être laissé surprendre, mais aussi tout heureux d'avoir berné les deux voleurs dépités.

En se disant qu'il avait encore certaines choses à apprendre, il réussit à rallumer sa lanterne et à la lueur retrouvée de la bougie, se mit en quête de ses pièces jetées dans l'herbe.

Par bonheur, elles étaient restées quasiment groupées bien que piétinées à l'insu des voleurs.

Seules trois d'entre-elles manquaient à l'appel. Il était déjà tard, Gabin décida d'abandonner les recherches afin de ne pas créer d'inquiétude à la maison.

Il était presque arrivé au port quand il aperçut au loin la lueur d'une lanterne qui s'avançait vers lui.

— Qui va là ! cria-t-il, cette fois bien décidé à jouer du gourdin et prêt à renouveler l'opération de diversion qui avait porté ses fruits il y avait une petite heure.

— C'est moi ! répondit une voix bien connue.

Guillaume posa sa main sur l'épaule de son fils.

— Nous étions inquiets, ta mère et moi, je suis venu à ta rencontre.

Gabin relata avec fierté les succès de sa journée, laissant de côté l'épisode de l'agression.

Les deux Gerfauts rentrèrent au bercail.

III

Du col à la brouette.

Des mois passèrent...

Gabin battait la campagne, panier au col, gourdin à la main. Il allait de villages en bourgades, tantôt dans le froid et la pluie, tantôt sous un soleil de plomb. Au début, quand le soir il rentrait épuisé, sa mère pansait ses pauvres arpions qui n'en finissaient plus de fleurir d'ampoules, replètes ou éclatées.

Ensuite c'était l'inspection complète afin d'éliminer les tiques qui malgré moult précautions réussissaient parfois à grimper sous les jambes de culotte. Il fallait détruire ces sales bestioles avant qu'elles n'infectent le sang, causant une fièvre dont on ne se remettait pas.

Il y avait aussi les piqûres de guêpes ou d'abeilles, dérangées malencontreusement et qui ne manquaient pas, au passage de l'intrus, de faire savoir de quel dard elles se chauffaient.

La recette de grand-mère était de frotter vigoureusement le prurit à l'aide de trois herbes différentes, à l'exclusion peut-être de feuilles d'orties ou d'euphorbes empoisonnées...

Si ce procédé n'avait pas fait sa preuve d'efficacité thérapeutique, il avait au moins le pouvoir de faire circuler le sang et de mieux diluer le venin...

" Quand la science n'a rien à proposer, on s'en remet à ses aïeux..."

Une fin d'après-midi de Juillet, alors qu'après une longue tournée, il traversait un pré en cours de regain, il aperçut une charrette autour de laquelle s'affairait une famille paysanne.

Fourche de cornouiller ou de micocoulier à la main, un homme au torse nu aidé d'un jeune garçon chargeait sur le char attelé d'un cheval, à la patience angélique, des meules de foin.

Sur le haut, bondissant de part et d'autre du chargement, un autre garçon plus âgé répartissait et callait à la main, au fur et à mesure des arrivages les ballots d'herbe séchée.

Un parfum de fourme odorante flottait dans la fournaise d'un été caniculaire.

Une femme de forte corpulence, vêtue d'une simple robe de toile écrue et qui devait être la mère, la tête serrée dans un foulard blanc, rassemblait à l'aide d'un râteau de bois à long manche, les brindilles d'herbes sèches qui jonchaient le sol brûlant.

"Il ne faut rien oublier de ce que Dame nature fait offrande, pensa Gabin..."

Tout en marchant, il observait cette famille qui travaillait en bonne coordination. Il ne prit pas garde à un amas de foin oublié au beau milieu de son passage.

À peine avait-il mis le pied dessus qu'un aspic bondit comme un ressort et lui mordit le genou, juste sous la culotte. D'un coup de bâton vengeur bien ajusté, il stoppa net le reptile dans sa fuite.

Le mal était fait !

La paysanne qui avait vu la scène alerta son mari.

— Jeanjean ! cria-t-elle, le petit là-bas, je crois bien qu'il s'est fait attraper par une vipère.

L'homme se précipita. Déjà Gabin avait sorti son couteau et pratiqué une entaille d'un pouce sur la morsure afin de faire couler sang et venin.

— C'est une rouge ! dit-il à l'homme qu'on appelait Jeanjean.

— Bouges pas petit ! je vais te le sortir ce poison.

À ces mots, le paysan, à la manière d'une lamproie ventousée sur un saumon de fontaine, suça la plaie avec force afin d'en extirper le venin. À le voir ainsi opérer avec maîtrise, aucun doute ! il n'en était-il pas à son coup d'essai. Il recracha au loin une giclée de sang empoisonné.

Il recommença par trois fois l'opération puis, satisfait de son intervention, il dit :

— Te voilà tiré d'affaire mon garçon, ce venin-là est le contraire de celui de la médisance, craché il n'est plus à craindre ! Il ne te reste plus qu'à sacrifier une manche de ta chemise pour panser la plaie.

Gabin, se confondant en remerciements, avait demandé à la famille quel village elle habitait et promit d'apporter, à la prochaine occasion, une bonne cuisine de harengs.

Les visages des deux jeunes fermiers s'étaient illuminés. Des harengs ! quelle aubaine...

Les voyages succédant aux voyages et habitude faisant, les pieds du Gerfaut marcheur s'adaptèrent, produisant tout naturellement la protection cornée salvatrice qui préservait de toutes inflammations l'infatigable colporteur.

Il commençait, par expérience, à éviter les endroits se trouvant à proximité de marais ou de grosses rivières.

La population de ces lieux, sauf exception, préférait le poisson d'eau douce à celui de mer qu'elle jugeait d'odeur trop forte.

Le bouche-à-oreille allant bon train, notre marathonien du hareng obtint, d'une clientèle toujours plus importante, une réputation de sérieux.

De plus, son caractère jovial, lui permettait de lier une certaine forme d'amitié avec les adultes et un accueil enthousiaste de la part des enfants.

Il avait toujours un bon mot ou de cours récits à leur raconter de ses aventures de voyage, qu'il ne manquait pas de romancer, selon son imagination...

Non content d'impressionner les gamins avec les loups et les bandits de grands chemins bien réels, il prenait plaisir à noircir le tableau d'affreux croquemitaines, de mystérieux loups, (cette fois garous) ou, d'ours monstrueux qui le poursuivaient au fin fond de lugubres forêts.

Il adorait lire l'étonnement et l'admiration devant tant de courage, sur le visage de ses jeunes auditeurs. Aussi, ces derniers attendaient-ils ses visites afin de gober les paroles de leur authentique héro aux aventures extraordinaires.

Lui, ne pouvant perdre tout son temps précieux à raconter ses histoires, préparait, tout en marchant, dans sa tête, des résumés composés de mots clef bien sentis qui lui permettraient en deux phrases de mettre les gamins en transe !

Pourtant, tout dans ses dires n'était pas faux.

À plusieurs reprises et malgré ses ruses, il fut la victime d'agressions de couple de malfrats, mais qui, devant le moulinet infranchissable du lourd bâton, reculèrent à chaque fois et détallèrent sans demander leur reste, jugeant sans doute que le risque n'en valait pas le butin...

D'autre part, les grandes bandes organisées de brigands, sur lesquels il tomba à deux reprises par inadvertance, ne semblèrent pas se soucier de lui. Ces derniers visaient les grands chasse-marée de retour de la capitale avec leurs lourdes bourses.

Quelques sols n'auraient pas été suffisant au partage...

« L'énergie bien ordonnée doit être réservé aux tâches rentables... »

En janvier, un jour de neige, il trouva des traces de loups. Ils devaient être au nombre de trois.

Il contourna la piste afin d'éviter une mauvaise rencontre, mais, au détour d'un bois, il devina au loin trois paires d'yeux qui le scrutaient.

Son sang se glaça dans ses veines. Il savait que si les bêtes étaient affamées elles le suivraient jusqu'au moment où elles jugeraient une attaque propice.

Il faudrait jouer du gourdin !

Malgré la vaillance qui le caractérisait, il était certain qu'il n'en sortirait pas indemne.

On disait le loup tenace et ne prenant la fuite après les coups, que lorsqu'il sentait le vent tourner en sa défaveur...

Gabin pressa le pas, à main droite le bâton, à la gauche le couteau.

Foi de Gerfaut ! il ne se laisserait pas faire...

À l'horizon un ciel chargé annonçait de nouvelles chutes de neige. Il fallait qu'il se hâte d'arriver au village. À coup sûr, les *Isengrins* profiteraient du manque de visibilité pour s'approcher.

Eux n'avaient pas besoin de voir, leur odorat suffisait à localiser avec précision leur proie...

Les flocons s'épaississaient. Gabin avançait dans la tourmente ne distinguant, autour de lui qu'un mur blanc impalpable et oppressant. Où étaient les bêtes ?

Peut-être n'étaient-elles qu'à quelques mètres ?

Tout en avançant rapidement il tentait de déceler tous mouvements suspects autour de lui. Plusieurs fois il crut voir des yeux perçants.

Son imagination lui jouait des tours...

Sans cesse la même question angoissante lui taraudait l'esprit :

Où étaient les loups ?

Il traversa un pont de bûches enjambant un ruisseau.

Cette piètre frontière le rassura un instant, puis se reprenant il réalisa que le fossé franchi, pourtant profond, ne lui serait d'aucun secours...

Il marcha encore une bonne heure...

Il devait être au moins onze heures. Il avait prévu d'entrer dans le Hameau du Calvaire en milieu de matinée, mais la neige était responsable de son retard.

D'ailleurs avait-il encore la notion du temps ?

Tout à coup, au loin, il entendit une voix qui vraisemblablement tempêtait après un attelage.

— Hue donc ! Allez Canaille ! avance donc nom d'une pipe !

Quelqu'un se trouvait à proximité. Il n'était plus seul. Il se dirigea vers le son de la voix.

La neige, en silence, tombait à gros flocons finissant de recouvrir le sol d'une épaisse couche blanche immaculée.

— Holà ! cria-t-il.

— Holà répondit l'inconnu.

Une silhouette d'attelage commença à se dessiner.

— Qui est-tu ? demanda l'homme en scrutant l'arrivant, au travers du mur de neige.

— C'est Gabin Gerfaut, le porteur à col...

— Et moi je suis Antoine le tonnelier du Calvaire !

En fait de calvaire, celui de Gabin se termina à cet instant. Il était en pays connu.

Il raconta sa marche forcée et la présence des loups dans le secteur.

Antoine lui assura qu'il réunirait les amis du village pour faire une battue, dès que la neige aurait cessé de tomber.

Ce soir-là, après avoir vendu, son poisson, Gabin revint chez le tonnelier qui, le matin, lui avait proposé, craignant les dangers d'une marche trop tardive, de l'héberger pour la nuit.

À Cayeux, la famille Gerfaut bénéficiant de l'apport supplémentaire d'argent que récoltait Gabin avec sa nouvelle activité, commençait à ressentir ses bienfaits.

Il était plus facile de s'habiller, les achats de nourriture posaient moins de problèmes et l'on avait même réussi à faire quelques économies, savamment cachées dans un bas de laine.

Un jour de mars, Gabin faisait sa tournée habituelle chez Albert et Claire, les cidriers.

En pénétrant dans la cour, il aperçut près des vieux tonneaux, une brouette bancale couchée sur le flan. L'un des deux pieds était cassé à hauteur de la caisse, mais le reste paraissait être encore en bon état. Il se proposa de demander à Albert ce qu'il comptait en faire.

Les deux gamins, Petit Paul et Renaud qui allaient respectivement sur leurs 6 et 8 ans se précipitèrent à sa rencontre.

Comme à l'habitude et selon un rite bien établi, les deux frères s'accrochèrent aux basques du colporteur de harengs. Tandis que Renaud tiraillait vigoureusement sa chemise en criant : "Gabin ! raconte nous une histoire...", petit Paul frappait de joie dans ses mains, sachant que Gabin, d'un air mystérieux ne faillirait pas à la règle...

Après avoir parlé d'ogre pourchassant des petits enfants, pour n'en faire qu'une bouchée, près de l'étang des démons verts et d'une sorcière préparant dans un grand chaudron noir de suie, de la potion de crapaud destinée à empoisonner tous les papas de la contrée, il entra dans la maison poursuivi de ses insatiables auditeurs.

D'un coup de pied bien maîtrisé aux fesses de l'aîné, Claire renvoya les deux lascars dans la cour.

— Vous avez eu votre histoire, maintenant allez donc voir derrière la porte si j'y suis, lança-t-elle.

Les enfants constatèrent très rapidement qu'elle n'y était pas !

Elle prit un grand plat de grès et pria Gabin de lui laisser les deux douzaines de harengs habituels. Trois belles pièces tournoyèrent sur la table.

C'était le prix convenu.

— Si tu veux souhaiter le bon jour à Albert, il est au chai à marquer les bouteilles, il sera heureux de te voir.

— Justement, répondit Gabin, je voulais parler au Maître cidrier pour une affaire de...

— Réglez vos affaires entre hommes, j'ai bien assez à faire avec mon ménage et mes deux poisons.

Albert, en bon producteur de cidre, collait au lait frais, des étiquettes sur des bouteilles qu'il rangeait soigneusement dans des casiers prévus à cet effet.

— Tiens voilà notre poissonnier, dit-il sans lever la tête, comment vont tes affaires mon garçon ?

— J'espère aussi bien que les vôtres, Albert, pour moi je ne me plains pas, la tâche est rude, mais mis à part quelques petits avatars de parcours, je gagne correctement ma vie et j'aide pour le mieux mes parents.

— C'est tout à ton honneur jeune Gerfaut, qui à de la vaillance fait bonne récolte !

— Je voulais vous demander, Albert, que comptez-vous faire de cette vieille brouette que j'ai cru voir en piteux état au milieu des foudres réformés.

— Je vois ! elle t'intéresse tout de même un peu, malgré son piteux état, répondit le cidrier avec un sourire en coin.

— C'est-à-dire... que je possède quelques économies et si vous me faisiez un bon prix je pourrais la réparer et ainsi doubler la charge de poissons pour mes tournées.

L'homme réfléchit un instant et se redressant il proposa :

— Garde ton argent, jeune homme, mais fais-moi cadeau de deux tournées de harengs. Une moitié en poisson frai, l'autre moitié en salaison et nous serons quittes.

— Affaire conclue ! lança Gabin.

Il se rendait bien compte que le père Gneulle lui faisait un bien beau cadeau.

Une brouette, même très usagée, coûtait une fortune pour l'homme peu nanti qu'il était.

Le geste qu'Albert venait de faire pour l'aider était fort appréciable. Il se dit qu'il ne manquerait pas, dès que l'occasion se présenterait, de lui rendre la pareille.

Heureux de cette bonne affaire, il reprit son chemin.

Il était convenu qu'il repasserait dans la soirée prendre la brouette pour le trajet du retour.

Ce fut rayonnant, qu'il fit découvrir à ses parents sa nouvelle acquisition.

Après en avoir fait le tour, Guillaume déclara qu'avec une belle bûche de hêtre retaillée, de quelques chevilles et d'huile de coude, on aurait tôt-fait de remettre l'engin en état.

Les deux Gerfaut décidèrent d'un commun accord de faire relâche pour le lendemain afin d'exécuter sans attendre les réparations nécessaires.

Le manque à gagner de la journée serait rapidement compensé par le supplément de ventes réalisé, grâce au précieux outil réparé.

Ce fut ainsi que notre porteur à col, bénéficiant d'une formidable aubaine à roue de bois cerclée d'acier, monta d'un cran dans la hiérarchie des chasse-marée, mais toujours vendeur au détail, se transforma en *brouettier*.

Il décida alors d'aller loin, sans ménager sa monture...

IV

Un certain Pygargue.

Son activité prenant de l'importance, Gabin décida sans plus attendre de régulariser sa situation auprès des autorités afin de ne pas courir le risque de passer quelques mois au pénitencier ou dans quelque cachot.

Il aurait suffi qu'un concurrent, jugeant que le nouveau venu lui faisait trop d'ombre, ne le dénonce pour que sonne le tocsin du petit commerce.

De plus, avec l'arrivée fort opportune de la brouette, le poissonnier devrait changer ses habitudes.

Dorénavant, il ne pourrait passer inaperçu à battre champs et forêts, comme il le faisait jusqu'alors, n'attirant l'attention que de loups, papillons et coccinelles ou de quelques bûcherons aux mœurs discutables...

Il serait contraint à l'avenir d'emprunter les vrais chemins des grands chasse-marée multipliant ainsi les rencontres sujettes à bavardages.

Toutefois, son outil de transport étant de loin plus léger et plus réduit dimensionnellement que ceux desdits mareyeurs, il aurait la possibilité de couper par quelques raccourcis à merles dont la présence géographique n'avait plus de secret pour lui.

Bref ! Comme tout commerçant en règle, à contrecœur peut-être mais obligé sans doute, il payerait l'impôt !

Ainsi équipé et régularisé, il multiplia clients et kilomètres.

« Pousser une brouette même chargée était moins pénible que de supporter la masse d'un panier sur les reins ».

Les pieds plus confortables grâce à des *chausses semelées* (bottes de toile renforcées de semelles en cuir avec patins de bois), il pouvait mieux additionner les distances et ainsi encore davantage rentabiliser son activité.

Bâton toujours à portée de main, il battait la campagne, allait de bourgs en villages, de maisons en fermes et de couvents en abbayes.

À propos de ces derniers établissements, le couvent de Sainte-Mathilde et l'abbaye de Saint-Fiacre, représentaient ses deux principaux clients.

Entre Carême et autres jours maigres, nonnes et moines, grands amateurs de marée jeûnaient 166 jours par an et ne se nourrissaient alors que de poisson, fruits et légumes.

Étant donné l'ampleur de leurs besoins, ils s'approvisionnaient également par d'autres sources, mais ils ne négligeaient jamais la venue de Gabin qui les servait même « en période creuse », autrement dit à longueur d'année.

Il se rendait justement à Saint-Fiacre par un chemin détourné, quand, bien campé à quelques pas devant lui il constata qu'un grand chien efflanqué ne semblait pas avoir l'intention de lui laisser le passage.

Le canidé tenait, par le bleu de ses yeux, d'un husky immigré terre-neuvas et par le mélange de noir et de blanc de son pelage, d'un saint-bernard ayant boudé les pentes du Ventoux pour les plaines picardes...

Quoi qu'il en soit, bien que maigre à épouvanter un mendiant, il avait fière allure.

Arrivé à proximité de l'obstacle animal, Gabin s'arrêta, attrapa son bâton et brassa l'air d'un grand moulinet sifflant dont il avait le secret.

— Allez ! de l'air ! chien de pouilleux si tu ne veux pas goûter du gourdin, cria-t-il.

Contrairement aux humains importuns qu'il avait sans doute l'habitude d'éviter, l'animal non seulement ne marqua aucune crainte, mais, considérant sans doute que le geste tournoyant du marcheur correspondait à quelque jeu, il se mit à remuer la queue avec frénésie, balayant le sol en soulevant un beau nuage de poussière. Puis, joyeusement, il se roula sur le talus herbeux les pattes en l'air.

Gabin voyant que le chien dit « de pouilleux », ne lui voulait aucun mal, continua sa route.

Le molosse d'opérette quant à lui, flairant l'odeur du poisson, s'arrêta net de batifoler en émettant un gémissement plaintif au passage du brouettier.

Se faisant, il tenta de faire comprendre à l'homme embaumé qu'un petit hareng, serait-il de second choix ou même quelque peu faisandé, ferait bien son affaire.

Infailliblement attiré par les effluves de fraîchin et présentant un tempérament non dénué d'entêtement, le *husky-saint-bernard* prit la décision de gambader tout naturellement à côté de Gabin, avec une déconcertante décontraction.

De temps à autre il lançait un regard furtif vers la cargaison, puis, avec des yeux empreints d'une profonde tristesse simulée à dessein, il regardait Gabin, en cherchant vraisemblablement à l'apitoyer.

N'observant aucune réaction chez son compagnon de route et comme s'il craignait qu'on le prenne pour un pauvre hère, il reprenait son air naturel, regardant fièrement droit devant lui comme si de rien n'était.

« Cet humain n'est qu'un égoïste, il faut que je fasse, à ses yeux, plus envie que pitié, peut-être alors aura-t-il envers ma personne quelque considération... » pensa-t-il dans sa tête de mâtin.

Après avoir cheminé une bonne heure sans mot dire mais en s'observant mutuellement, les deux protagonistes, après une décision de Gabin, firent une pause à l'ombre d'un saule bordant une rivière.

L'air était doux en ce matin d'avril.

Un bourdonnement ininterrompu d'insectes divers et disparates indiquait que le monde s'était remis en marche après un hiver rigoureux.

On butinait, on copulait, on *rebutinait*, on *recopulait*... bref ! on renouvelait la faune sauvage.

Dans un même temps, la flore qui ne voulait pas être de reste éclatait ses bourgeons et déployait ses pétales multicolores pour s'offrir au premier venu...

Un plouf retentissant fit sursauter Gabin alors que le chien dressait ses oreilles vers le ciel en fixant nerveusement la rivière.

Une corpulente carpe, excitée par la fraie, s'était occupée d'une demoiselle libellule...

Pour Gabin c'était son lieu habituel de casse-croûte, avant l'arrivée à Saint-Fiacre quand le temps clément le lui permettait.

Il déballait alors de sa musette la miche, accompagnée d'un bout de fromage ou d'un hareng salé.

Il n'était nul besoin de se charger en eau, celle d'un ruisseau suffisait à se désaltérer.

Le chien, assis droit devant lui et trépignant d'impatience n'arrivait plus à dissimuler son empressement ..

Cette besace que l'on vidait sur l'herbe transformait son immense tentation en un véritable supplice.

Cet homme n'aurait-il pas le moindre déchet ? le moindre débris d'os, voir même la plus antipathique tête de poisson que la terre ait porté qui serait susceptible de calmer sa fringale ?

Son analyse première se confirmait :

« Ce chasse-marée brouettier est un sans cœur ! »

Si les rôles avaient été inversés, lui, poussant la brouette et l'homme courant à ses côtés, il n'aurait jamais supporté de le voir mourir de faim, il aurait sans nul doute partagé miche et fricot en aboyant :

— Mange mon garçon ! ce qui est à moi est à toi.

Gabin cassa la miche en deux parties.

La croûte encore fraîche craqua en découvrant une mie souple et jaune de son.

La langue de l'animal attentif s'étira un peu plus...

Tout à coup, une idée traversa l'esprit de notre brouettier.

Ce chien, mis à part sa maigreur, semblait jeune et robuste. L'oreille était vive, la gencive bien rosée, malgré la faim qui le tenaillait, aucune bave ne s'échappait de sa gueule, il semblait docile et son œil limpide reflétait l'intelligence.

S'il décidait d'en faire son compagnon, il pourrait, après quelques séances de dressage, en faire un précieux auxiliaire de dissuasion, voire de défense. Nouvelle parade contre les importuns de tout poil comme il en rencontrait parfois durant ses tournées.

La seule condition restant à vérifier était de s'informer sur les goûts culinaires de l'animal.

En effet, la nourriture la plus économique, qu'il consentirait à lui octroyer, serait les restes de poissons invendables abandonnés sur le quai du port.

Il décida de tenter l'expérience.

Découvrant la bâche de son chargement, il se saisit d'un hareng et le lança à l'affamé.

Le chien se transforma alors en otarie. Le hareng descendit directement de la gueule à l'estomac, sans un coup de dent.

Gabin n'en croyant pas ses yeux, et n'étant pas à un poisson près, renouvela l'opération afin de vérifier si le dernier n'avait pas été englouti par erreur.

Ce ne fut qu'à la troisième fois qu'il constata que la pseudo otarie mastiquait avec délices, ignorant arêtes et épine dorsale, le hareng qui venait de lui être offert.

Pour terminer le repas, l'animal cette fois redevenu chien, se régala d'un quignon de pain qu'il dévora de la même façon que précédemment

En signe de reconnaissance et afin de remercier celui qui était devenu son maître, il vint tout excité laper à grands coups de langue la main du bienfaiteur.

« Après tout, qui l'eut cru, cet homme-là n'était peut-être pas aussi indifférent ? »

Pour Gabin, une question se posait : comment allait-il appeler son nouveau compagnon ?

Après mûre réflexion et désirant rester dans la tradition des noms d'oiseaux de proie, il décida de l'appeler Pygargue !

Le nom de cet oiseau, cousin éloigné du gerfaut, sonnait bien. Le "Py" bien appuyé marquerait l'ordre alors que le "gargue" plus doux atténuerait le commandement...

« Il convient de savoir doser fouet et caresses... »

Le convoi à deux, reprit la route.

Tous les cent mètres, Gabin appelait le chien afin de l'habituer à son nouveau patronyme.

— Pygargue ! au pied... Pygargue ! ici... Pygargue !... Pygargue !..

Ce fut au quarante-troisième appel que Pygargue comprit qu'il s'appelait Pygargue...

« Quel nom pour un chien ! et en plus masculin ! ».

Il pensa qu'étant poissonnier, son jeune maître aurait pu le nommer Abadèche, Épinoche ou mieux, Ophidie.

Mais encore eut-il fallu qu'il remarqua que le chien était une chienne !

Il convient également d'ajouter que Gabin, dans cette affaire, fit preuve d'un manque flagrant de convenance et de communication, n'ayant pas appris à Pygargue que lui-même s'appelait Gerfaut !

Ce fut à la première visite à l'abbaye que notre Pygargue apprit le nom de son maître, quand, le moine replet de service, s'exclama en ouvrant la lourde porte au judas :
— Ah ! Dieu soit loué, voilà notre Gerfaut mareyeur !

Bien qu'il ait eu un doute sur l'un des deux noms, "Gerfaut" ou "Mareyeur", Pygargue opta pour le premier, jugeant qu'il était plus en rapport avec son propre patronyme...
— Tu as un nouveau compagnon, mon fils, dirait-on ? demanda le frère portier.
— Comme vous le voyez, frère Gaétan, cette brave bête m'a paru sympathique, je l'ai recueillie en cours de route. Mieux vaut un bon chien qu'un mauvais ami, n'est-ce pas ?
— Sans nul doute mon garçon, mais un ami sincère est tout de même préférable à un chien, aussi bon soit-il...

— Je sais au moins que celui-là ne me trahira jamais, rétorqua Gabin.

— Dieu t'entende mon ami, le tout-puissant dans sa grande bonté n'a su faire d'humains parfaits.

— Sans doute aura-t-il consacré trop de son de temps à peaufiner les animaux. Eux ne connaissent ni fourberie ni traîtrise.

— Voilà au moins une catégorie d'êtres vivants apparemment parfaits. Peut-être qu'un jour béni, le seigneur tout-puissant réparera son erreur...

— Alors, je lui souhaite beaucoup de courage ! quant à moi, je préfère livrer mon poisson...

Pygargue qui semblait approuver son maître retroussa sa babine supérieure en un étrange rictus canin.

— En tout cas je vois que ton animal ne te désapprouve pas, peut-être que son cerveau dénué d'intelligence humaine, mais aussi de parti pris, est mieux adapté pour juger les errements de ce bas monde avec plus d'impartialité, conclut le frère Gaétan.

De retour au port, après une longue tournée, Gabin présenta Pygargue à ses parents qui l'attendaient.

Marie tournait la soupe au-dessus d'un feu trop vif. Elle remonta le chaudron de deux crans de crémaillère.

« Fond qui accroche attire reproches », avait-elle l'habitude d'affirmer.

Guillaume avait vidé et nettoyé quelques loups, ébouillanté et décortiqué une poignée de *chevrettes* grises et fait rougir, à l'eau salée à saturation, une demi livre d'étrilles, provenant de sa pêche.

Marie avait accommodé le tout dans un bouillon de serpolet et d'aneth.

Quelques tartines de pain trempé et trois cuillérées de crème de lait bouilli venaient épaissir l'ensemble.

« L'homme qui fait dur labeur doit se nourrir à souhait ! ».

Gabin poussa la porte et posa sur la table prête au service, une belle bourse rebondie.

Pygargue, qui entre-temps avait changé de sexe grâce à la perspicacité du frère Gaétan, serrée contre les jambes de son maître frissonnait des naseaux en humant le délicieux parfum de mangeaille qui provenait de l'âtre.

Donc ! ledit frère Gaétan qui, s'étant aperçu de la méprise, avait annoncé au chasse-marée insouciant :

— Pygargue ! Voilà bien une chose peu banale. Avoir attribué à une femelle un nom masculin. Curieuse façon de nommer un chien, surtout comme dans le cas présent, ou celui-ci est une chienne.

Gabin avait alors fait le tour de l'animal et avait convenu, après vérification qu'il avait commis une grande erreur d'appréciation.

— Qu'à cela ne tienne ! déclara-t-il, il était Pygargue, elle restera Pygargue !

Cette dernière fut bien accueillie chez les Gerfaut.

Elle participa copieusement au repas de bienvenue...

D'après Marie, « cette brave bête, qui laissait compter ses côtes, devait retrouver bonne corpulence... ».

Guillaume ajouta même, « animal décharné ne vaut rien, il déshonore son maître ! »

Pygargue, ne doutant pas de ces dernières affirmations, se mit en devoir, en engloutissant goulûment tout ce qui était susceptible « d'entrer en créature canine », de ne décevoir ni maître ni maîtresse de maison...

V

Perpétuelle odyssée.

À cette époque, les chemins pouvaient réserver bien des surprises pour celui qui, par ses occupations, devait constamment battre le pavé.

Il fallait tout de même les compter sur les doigts lesdits pavés !

Le plus souvent, les chemins mal entretenus étaient défoncés, bordés de profondes ornières encombrées de roches ou de branchages.

De profonds nids de poules que l'on aurait pu qualifier de nids d'autruches par leurs dimensions imposantes recélaient des margouillis de boue et de détritus stagnants que seuls les sabots des chevaux suivis du passage des roues réussissaient à partiellement disperser.

Gare alors à celui qui se trouvait à proximité...

Les chasse-marée se plaignaient fréquemment auprès des autorités compétentes afin que des travaux de maintenance soient effectués, mais tempêtes et inondations avaient raison des piètres raccommodages et des rares vrais travaux de réfection.

Aussi on ne comptait plus les charrettes renversées, les convois bloqués, les chargements à terre et les accidents de toutes sortes qui coûtaient parfois la vie à certains de ces rouliers, qu'ils soient chasse marée ou postillons de voitures postales.

Gabin se rappelait l'histoire, souvent racontée par ses parents, qui était arrivée à Amédé Guerlevent, chasse-marée Boulonnais.

Parti seul et en retard, sur la route d'Amiens, son *ballon,* après une embardée, provoquée par un tronc d'arbre qui encombrait le chemin, avait versé dans un profond fossé
Non seulement un de ses chevaux s'était cassé une patte, mais pour compléter le tableau, il fut agressé par un groupe de six brigands, (certainement pas étrangers à la chose.)

Armés jusqu'aux dents, les malfrats, qui se trouvaient à l'affût, profitèrent alors de la situation. Sans la moindre hésitation, ils pillèrent tout ce qui leur tomba sous la main.

Le pauvre Guerlevent après s'être fait molester en tomba malade et ne put reprendre ses activités pendant plus d'une année, plongeant ainsi sa famille dans la détresse.

Gabin avait au moins un avantage vis-à-vis des grands équipages, sa brouette passait à peu près partout. Jusqu'alors il s'était sorti, sans trop de dommage, de quelques situations difficiles. Par contre l'inexistence d'attelage ne lui permettait pas de jouer du fouet pour prendre la fuite en cas d'agression.

Il lui fallait donc anticiper et ruser.

Ce matin-là, les bateaux étaient rentrés au port plus tard qu'à l'accoutumé. Le mauvais temps avait retardé la pêche et Gabin, avec les autres chasse-marée attendait sur la plage de galets l'arrivée du poisson.

Une pluie, en giboulées, portée par un mauvais vent d'ouest fouettait les visages des mareyeurs. Depuis le petit matin, ils scrutaient la nuit espérant apercevoir les falots des voiliers, qu'ils espéraient voir rentrer au port sans encombre.

Par ces nuits de gros temps, il n'était pas rare que certains bateaux manquent à l'appel et que leurs équipages disparaissent à tout jamais dans la furie des tempêtes.

Parfois on retrouvait un corps échoué sur les galets.

Ce fut le cas pour le jeune mousse Benoît Faber âgé d'à peine douze ans, seul corps récupéré du naufrage du "Beau Picard", chasse-marée perdu l'année précédente...

Sa modeste famille ne put lui offrir qu'une simple sépulture à croix de bois...

Trois chasse-marée, sur la trentaine que comptait la ville et qui étaient prioritaires, équipés de quatre chevaux attelés patientaient le long du quai.

Une vingtaine d'hommes, femmes et enfants attendaient eux aussi de remplir leur tâche.

Celle-ci consisterait à trier et entasser le poisson dans les paniers et barils à salaison avant le chargement des *ballons*.

Pour le hareng, il fallait attendre la fin de la criée, car l'achat direct « à la rade aux bateaux » était interdit.

Les bâches des charrettes claquaient dans le vent...

Le petit jour commençait péniblement à se lever malgré l'épais plafond d'encre quand le premier bateau parut à l'horizon.

Le guetteur sonna deux coups au beffroi.

Le premier bateau fut bientôt suivi d'un deuxième.

À proximité immédiate de la côte, les marins ramenèrent la voilure.

Les longs mâts mis à nu se balançaient au rythme de la houle.

Des voix s'élevèrent, alors que l'effervescence habituelle des arrivages s'installa sur le port.

Le maire, les échevins, les compteuses se mêlaient aux porteurs et autres saleurs qui s'afféraient.

On se bousculait, on s'apostrophait, on courait en tous sens, pour une répartition équitable.

Il convenait de rattraper au mieux le temps perdu.

Là-bas, à Paris, à la Porte des Poissonniers et dans le dédale des *rues poissonnières,* on attendait avec impatience la précieuse marchandise.

On ne manquerait pas de crier au drame en constatant le retard des convois.

Tous avaient encore en tête les terribles famines qui sévirent par le passé et le poisson, livré par les chasse-marée, était donc un approvisionnement crucial pour les villageois.

Le troisième bateau entra au port...

Gabin, avec son chargement plus réduit et qui n'avait rien de comparable à ceux des grands chasse-marée, prit rapidement la route.

Ce matin-là il se rendait chez Alban Fauquenelle.

Ce dernier tenait un *bouillon,* (ancêtre de notre restaurant qui tenait son nom du potage hautement calorique constituant l'unique menu du jour.)

Dans une imposante marmite de cuivre suspendue dans l'âtre, le cuisinier préparait une soupe composée de tout ce qui lui tombait sous la main : (légumes divers, restes de viandes, de volailles ou de poissons...).

Il n'économisait pas le pain trempé qui venait épaissir le tout et contribuait à offrir aux gens de passage, contre quelques sols, une copieuse écuelle fumante de ce nourrissant bouillon.

Un pichet de piquette venait accompagner le repas.

« Soupe bien trempée ne remplace pas la cruche ! »

Les clients, l'estomac bien garni, - « réchauffés l'hiver et surchauffés l'été » -, pouvaient sans redouter de s'écrouler de fringale, accomplir leur travail jusqu'à la pitance du soir.

Un bruit sourd venant du Nord et se faufilant entre les bois arriva aux oreilles de Pygargue. Elle se retourna regardant son maître pour le prévenir d'un danger imminent.

Gabin s'immobilisa un instant, tendant l'oreille. Il reconnut le bruit du convoi des trois chasse-marée qui déboulait bride abattue derrière lui.

Par mesure de précaution, il se mit à l'abri dans une entrée de champ le temps de laisser passer les fourgons de marée.

À peine s'était-il écarté que dans un épouvantable vacarme, le convoi, tiré par dix-huit boules de muscles fendant l'air, parvint à sa hauteur.

Au passage des chevaux lancés au galop, creusant le sol de leurs sabots les naseaux tels des soufflets de forge, des roues ferrées de charrettes soulevant malgré la pluie, des gerbes d'étincelles, des claquements de fouets et des cris des voituriers encourageant leur équipage, l'ambiance sonore devint insupportable.

Pygargue se réfugia, l'oreille basse, derrière la brouette.

Gabin courba le dos, ce qui ne lui évita nullement la gerbe provenant d'une flaque d'eau boueuse.

Les trois chasse-marée en convoi répondaient respectivement aux noms de Dassonval, Bandrin et Sauvaget.

C'était avec Bertrand Dassonval, ami de longue date, que Gabin s'entendait pour s'approvisionner en seconde main, en attendant mieux...

Sur le cheval dirigeant, assis sur la croupe protégée par une seule peau de blaireau leur servant de selle, les conducteurs courbés en avant, bonnets à pompons vissés sur la tête, n'avaient de cesse de fouetter leurs chevaux.

Ils se débattaient comme des diables pour pousser au maximum leurs bidets jusqu'au premier relais, pause inévitable pour remplacement des attelages exténués souvent au bord de l'asphyxie, par des chevaux frais.

Sur les *ballons*, couchés à plat ventre, se cramponnaient à des cordages deux *voiturins*, Gus et Laplonge, amis de Gabin qui trouvèrent tout juste le temps de lui faire un signe de la main en criant :

— Holà ! brouettier.

Le second, le dénommé Laplonge, tenait ce surnom d'une chute spectaculaire dont il avait été victime, du côté de Breteuil, un jour où, un cahot plus sévère qu'à l'accoutumé, l'avait propulsé du haut du *ballon*.

Il avait fort heureusement "atterri" dans un étang bordant le chemin.

Il accompagnait comme à l'habitude Charles Bandrin en route pour Paris.

On l'avait tiré de l'eau, à moitié estourbi.

Après avoir fait la route dégoulinant et glacé, il lui resta une forte bronchite qui faillit l'emporter et son sobriquet de "Laplonge", surnom relatif à ce magnifique plongeon...

Gabin s'excusa de son retard, mais le sieur Fauquenelle l'arrêta.

— Avec ce vilain temps et le vent qui a soufflé en tempête toute la nuit, je me doutais bien, à moins qu'il t'ait porté jusqu'ici, que tu n'arriverais pas à la première heure. Heureusement que j'ai toujours quelques réserves...

Gabin déchargea la brouette, pendant que Pygrargue, qui avait appris tout naturellement à veiller sur le patrimoine familial, chassait tout intrus qui passait un peu trop près, qu'il soit fait de drap ou de poils...

Elle, qui faisait preuve d'une grande douceur en temps normal, se transformait en gardienne intransigeante lorsqu'il s'agissait de l'outil de travail de son maître.

Elle devenait alors telle une citoyenne prête à donner sa vie, et défendre griffes et crocs, la *Mère Patrie*. « Allons enfants de la brouette ! »

Gabin pouvait ainsi, déguster en toute quiétude le bouillon reconstituant offert par son client.

La *garde brouette*, pas si bête, savait aussi qu'au terme du repas de son maître, une bonne casserole de déchets lui serait servie.

En outre, un os de bonne taille lui était réservé. Elle repartait donc avec, en travers de la gueule, ce trophée porté fièrement tête haute, avant de prendre un instant pour l'enterrer sur le bord de la route.

« Fortune cachée n'attire pas les envieux... »

Sur le chemin de retour, pour finir en beauté la journée, un orage éclata et une pluie diluvienne noya le sol déjà gorgé et qui n'en pouvait plus...

Gabin pensa que le guet de la Jatte, déjà forci qu'il avait traversé le matin, devait être encore plus enflé par les fortes averses incessantes.

Il pensait bien !

Le ruisseau avait quadruplé de volume. Le courant était furieux et des mesures de précautions s'imposaient pour faire passer la brouette, heureusement vide. Il convenait de ne pas se laisser entraîner par le flot rendu impétueux.

Il eut alors l'idée d'atteler sommairement Pygargue, à l'aide de la longue corde qui ne le quittait pas. Ainsi, la chienne qui, en temps normal ne rechignait jamais à prendre un bain, passerait la première.

Avec un peu de chance, elle tracterait la brouette, que lui-même, fermant la marche, guiderait au mieux en se cramponnant au sol pour ne pas partir avec...

Ce qui fut dit fut fait !

— Allez Pygargue ! te voilà bête de trait, lança Gabin à la chienne tout étonnée de se sentir une corde autour du cou.

Tout en parlant, il lança de l'autre côté du gué un bel os qu'il avait gardé en réserve. Un tel trésor ne se laissant pas passer, la compagne au nom d'oiseau s'élança d'un saut dans le courant le remontant par le travers afin ne pas se laisser entraîner...

Gabin avait eu la riche idée de lancer ledit trésor assez loin sur l'autre rive afin d'obliger Pygargue à tirer sur la corde reliée au tablier de la brouette.

Après une lutte sans merci contre le ruisseau devenu torrent, la chienne, telle une forcenée, atteignit l'autre côté du chemin.

— Tire ! tire ! hurlait Gabin, va chercher !

Pygargue ne se le fit pas dire deux fois, quitte à s'étrangler, bandant tout ce qu'elle possédait de muscles, elle tracta la brouette.

Cette dernière, dans un premier temps, se mit à flotter, emportée comme un bateau à la dérive. Puis sous les efforts conjugués de l'homme et de l'animal, enfin elle accosta, après moult péripéties sur l'autre rive.

Gabin sortit de l'eau et prit pied sur la terre ferme.

Pygargue qui n'avait pas encore atteint son but, tirait toujours, tel un marin hissant la grand-voile, sur le *bout* en labourant le sol de ses griffes.

Après avoir hissé la brouette sur la terre ferme, Gabin détacha sa précieuse compagne qui, sans le savoir, avait été indispensable au bon déroulement de l'opération.

Elle put ainsi, en trois bonds, accéder à sa récompense bien méritée.

Elle reçut en plus les congratulations de son maître qui, une bonne idée en attirant une autre, envisagea de pousser plus loin cette expérience...

Dès le lendemain, il se mit en quête d'un robuste licol de cuir qu'il passa au cou de sa chienne.

Une corde, reliée comme la veille à la brouette, permettrait à cette dernière, une fois dressée, de l'aider à tracter la charge dans les côtes ou contre le vent.

À l'aide d'une perche au bout de laquelle il attacha une ficelle pendante, il fit à Pygargue ce que d'autres faisaient à leur âne : Le coup de la carotte !

Sachant que la chienne n'avait pas un attrait particulier pour les primeurs crues, il prit toutefois la précaution de remplacer le légume rose par un hareng argenté.

Ce fut ainsi que Gabin acquit à peu de frais, son premier attelage, de simple assistance, soit ! mais tout de même d'une grande utilité !

VI

Quatre voleurs et du vinaigre.

En ce mois d'avril, les journées, soumises à l'heureux rapprochement de l'astre de vie, éloignaient déjà de plusieurs heures aube et crépuscule.

La terre se réchauffait lentement, la flore exhalait ses parfums printaniers au bénéfice de ceux qui savaient les apprécier.

Pygargue sans doute enivrée par une telle débauche de senteurs aphrodisiaques, n'avait pas échappé à l'appel de la nature. On l'avait surprise en bonne compagnie !

Elle avait jeté son dévolu sur Clovis, le terre-neuve de Castelène, qui ne s'était pas fait prier.

Ce dernier Castelène était *juré-sauteur*.

Établi à Cayeux, il pratiquait ce qui pourrait paraître de nos jours, un curieux métier. C'était celui qui consistait à sauter sur le couvercle des barils pour en extirper l'air néfaste à la bonne conservation de la salaison.

Dès que les femmes avaient entassé les harengs dans les *caques* ou barils, ledit Castelène, qui avait pour mission de clore les tonneaux pour le voyage, grimpait allègrement sur le couvercle et sautait à pieds joints en pesant lourdement sur le contenu.

Cette opération aussi démonstrative qu'efficace avait donc pour but d'évacuer les bulles d'air résiduelles.

Sa mission se terminait par la fermeture définitive des barils avant chargement sur les fourgons de chasse-marée.

L'histoire ne dit pas si le juré jurait en sautant mais, ce qui paraît probable c'est qu'il rentrait au bercail aussi salé que le poisson qu'il venait de tasser avec ses vêtements imbibés d'éclaboussures malodorantes des jus de saumure...

« *Homme flairant fretin a gagné son pain* ! »

En attendant, le chien imitant son maître, avait lui aussi sauté, mais marquant d'avantage d'intérêt pour la bagatelle que pour les barils de salaison, ce fut sur la chienne des Gerfaut qu'il appliqua son art.

Celle-ci, éprise de ce beau mâle aux pattes palmées, ne trouva pas, à ce qu'en aurait dit des témoins, la force de résister aux avances de ce prétendant empressé.

Deux mois plus tard, alors qu'une brise d'Est indiquait que le beau temps s'était installé durablement et que Pygargue la volage, arborait un ventre déjà bien rebondi, Gabin prévint ses parents de son départ pour une durée d'au moins quatre jours.

Il avait décidé de se rendre à Amiens.

Il vendrait sa cargaison en route et laisserait sa brouette une fois vidée de son chargement, en garde dans un relais ou chez un client de confiance.

Ainsi allégé, il continuerait son chemin, accompagné de son inséparable compagne, encore alerte, jusqu'à la grande ville.

Depuis quelque temps déjà il projetait de se rendre à Amiens.

Il souhaitait faire connaissance avec cette agglomération que l'on disait immense et grouillante d'activités.

Il désirait observer la vie citadine, se renseigner sur l'organisation du commerce ainsi que sur les us et coutumes des habitants.

En fait, en secret, il se projetait dans l'avenir et échafaudait des plans ambitieux...

Pygargue ne manquerait pas d'après Gabin et à vue de nez, de mettre au minimum trois ou quatre petits au monde.

Dès que les chiots, bien nourris, seraient en mesure de travailler, il vendrait la brouette et avec l'argent de la vente et ses économies, ferait fabriquer une bonne carriole à deux essieux.

Ainsi il pourrait composer un attelage, de quatre ou cinq chiens. Ceci lui permettrait, sous la domination de la mère, de transporter trois fois plus de marchandises et d'aller plus loin chercher une nouvelle clientèle.

Après avoir distribué sa denrée chez ses acheteurs habituels, il laissa sa brouette chez Guerlevent, son dernier client, qui se proposa de la lui garder jusqu'à son retour.

À un moment où le chemin semblait désert, il le quitta pour se diriger vers un bois à proximité immédiate. Il s'assura qu'il était à l'abri de tout regard indiscret et se mit à la recherche d'un arbre creux.

Il ne tarda pas à apercevoir sur un tronc de chêne, ce qui avait été un nid de chouette. Il se déchaussa et prenant le tronc à bras le corps grimpa, tel un indigène en quête de noix de coco sur un palmier, jusqu'à l'objet de sa recherche.

S'agrippant d'une main, il fouilla dans sa musette et en extirpa la bourse gonflée de sa recette.

Pygargue intriguée par les exercices d'ascension de son maître et qui craignait sans doute de le voir disparaître à tout jamais dans le firmament, se mit à japper en tournant comme une folle autour de l'arbre.

— Tais-toi donc ! lui lança le grimpeur, tu vas nous faire repérer et ce n'est pas le moment...

« Si tu le dis ! » pensa sans doute la chienne qui s'arrêta net...

La bourse fut délicatement placée au fond du trou.

Gabin avait ainsi caché une bonne partie de son argent en lieu sûr, ne conservant que les fonds nécessaires aux dépenses du voyage.

Cette astuce lui permettrait de limiter les risques de se faire détrousser par quelques brigands, sur ce parcours jusqu'alors inconnu.

Son gourdin frappait le sol en cadence alors que Pygargue trottinait allègrement à ses côtés.

Il découvrait de nouveaux paysages, repérait d'autres clients éventuels, étudiait la route avec ses embûches et ses étapes possibles.

À l'approche des villages, il croisait de temps à autre d'autres marcheurs qui allaient à leurs occupations. Ils se saluaient et chacun passait son chemin...

En fin de soirée, il atteignit un relais. Par curiosité, il s'approcha et jeta un œil dans les écuries.

Il y avait là une bonne trentaine de bidets et boulonnais mélangés qui, dans la pénombre, attendaient le passage de chasse-marée.

Ils viendraient remplacer les chevaux fatigués que l'on laisserait au repos.

Une forte odeur d'ammoniaque le prit à la gorge. L'endroit était infect.

Les bêtes couvertes de boue, les sabots dans le fumier étaient sales à faire peur.

À cette époque, l'hygiène des animaux qui n'était pas la priorité, était laissée de côté, ce qui prédisposait bêtes et gens à toutes sortes de maladies infectieuses qui constituaient pourtant un fléau débouchant sur de nombreuses et diverses épidémies.

Il avait pensé s'arrêter là pour prendre un repas afin d'économiser les vivres dont-il avait garni sa musette et trouver un coin de paille pour la nuit, mais devant le spectacle, il changea d'avis.

Pygargue qui, elle, ne semblait pas incommodée par l'odeur ambiante et malgré sa grossesse, dégota un tas de détritus dont elle se régala.

Après avoir laissé la chienne se rassasier, Gabin opta pour une nuit au bon air et à la belle étoile.

Il dîna d'une copieuse tranche de miche et d'un hareng saur.

L'obscurité venue, les deux compagnons de route allongés sur un confortable matelas de mousse apprécièrent à sa juste valeur, le repos d'une douce nuit peuplée des rêves les plus fous.

Ce fut pour le brouettier, de fabuleux chevaux lancés crinières au vent, survolant bois et rivières et tirant un ballon chargé de harengs aux nageoires d'exocets !

Pygargue, quant à elle, plus raisonnable, se contenta dans un songe, d'enterrer sous au moins trois cents livres de terre, un magnifique tibia de mammouth !

À l'approche de la ville, le chemin devint plus passager. Des gens de toutes sortes pressaient le pas, carrioles à chevaux, charrettes, malles-postes et coches se succédaient croisant nos deux voyageurs.

Gabin remarqua que les visages semblaient graves. La plupart des passants marchaient tête basse, échangeant de rares phrases parmi lesquelles un mot revenait sans cesse : peste !

Gabin s'approcha de trois personnes semblant se connaître et qui venaient de se rencontrer. Celles-ci avaient entamé une discussion qui paraissait des plus sérieuse. Aucun sourire, aucun éclat de voix ou geste de retrouvailles ne venaient égayer la réunion.

— Faites excuses, dit Gabin, pouvez-vous me dire quelle mauvaise nouvelle assombrit autant les visages ?

Un des hommes portant chapeau, canne au pommeau d'argent et haut-de-forme se tourna vers lui et d'un ton empreint d'une grande gravité répondit :

— Des voyageurs rapportent qu'une épidémie de peste sévit à Toulouse. Des morts dont on ne sait plus que faire, jonchent les rues. Les habitants sont sur les chemins fuyant la maladie. Certains meurent en route, surtout des enfants... c'est affreux et l'on craint que le mal ne se propage partout en France comme on l'a déjà vu par le passé.

Un attroupement se forma, chacun y allait de ses informations, et faisait la liste ses précautions à prendre.

En ville, disait-on, les gens, (confondant souvent, peste, charbon et fièvre hémorragique), ne parlaient que de ce fléau.

Bref ! on voyait des pestiférés partout... le moindre bouton ou furoncle semait la panique.

On s'empressait alors de traiter le malade en puissance en le frictionnant vigoureusement avec le dernier médicament à la mode : le *Vinaigre des Quatre Voleurs*.

En effet, avec l'affreuse nouvelle, était arrivée la recette à appliquer pour échapper à la maladie.

On avait rapporté que, profitant de la panique générale dans la ville rose, (à l'inverse du reste de la population qui n'avait qu'une obsession : la fuite !), quatre voleurs semblant invulnérables, détroussaient les cadavres de tous leurs biens,

Pourtant la maréchaussée finit par mettre la main au collet des quatre malfrats.

Après les avoirs interrogés sur leur résistance à la maladie, ils déclarèrent qu'ils utilisaient un remède infaillible dont ils indiquèrent la composition :

Vinaigre additionné de lavande, thym, romarin, sauge et menthe verte.

On pouvait également ajouter un soupçon d'absinthe, ce qui soi-disant renforçait l'efficacité du radical élixir...

« Mieux vaut absinthe sur la peau, que montée au cerveau... »

L'histoire ne dit pas si les quatre voleurs bénéficièrent longtemps de leur immunité, mais, pour ce qui est de la prison, ils ne s'en tirèrent sans doute pas trop mal, car, à cause de l'épidémie, on vida l'établissement carcéral de tous ses prisonniers.

Gabin, devant ce climat d'effroi collectif, interrogea Pygargue.

— Qu'en penses-tu, ma bonne chienne, il ne faudrait pas que l'on ramène la pesta à Cayeux, elle y arrivera bien assez vite si la peur de tous ces braves gens se confirme et pour ce qui est de notre visite à la grand-ville, nous verrons cela une autre fois.

Pygargue qui avait cru comprendre que son maître lui proposait de casser la croûte le fixa et émit un son plaintif en agitant la queue.

Conversation de sourds ! Gabin perçut dans cette attitude un encouragement à rebrousser chemin...

Après avoir récupéré bourse et brouette, notre chasse-marée, déçu d'avoir perdu quatre jours de marche, annonça l'explosive nouvelle à la maison.

La lourde menace fit le tour du port.

Par précaution, on envisagea le pire et chacun vida son vinaigrier afin de faire macérer dans des fioles le fameux mélange inventé par quatre voleurs peu scrupuleux, médicament dont l'efficacité restait encore à démontrer...

VII

Le charron fait la roue.

Pygargue ne déçut pas ses maîtres.

En pleine nuit, à une heure où l'on confond soir et matin, on gratta avec insistance à la porte de la cabane.

Cet incident était tellement inhabituel que toute la famille Gerfaut se réveilla en sursaut.

Curieusement, la chienne, dans le tonneau qui lui servait de niche adossée au mur extérieur et calée de quatre cailloux, n'avait pas aboyé comme elle le faisait habituellement à l'approche d'un intrus.

Guillaume bondit du lit, attrapant à tâtons le gourdin qui se trouvait toujours à portée de main.

Marie l'imita, mais ce fut d'un geste crispé qu'elle saisit le bras de son mari alors que Gabin, déjà derrière la porte, s'écriait :

— Qui va là ?

Un nouveau gratouillement accompagné de courtes plaintes répondit à la sommation. Gabin reconnut le jappement familier de Pygargue.

— C'est la chienne, dit-il, je mettrais ma main au feu qu'elle a mis bas...

— Viens Marie, allume donc une lanterne et allons voir de quoi il retourne, dit guillaume.

Au-dehors, la chienne qui avait perdu son embonpoint de femelle enceinte gémissait au clair de lune en trépignant d'impatience.

En chemise et bonnet de nuit, le couple suivit Gabin qui se dirigeait vers la niche. Il était lui-même précédé de Pygargue qui courait vers le baril.

Parvenue à destination, fière comme un Anubis de chair et d'os, elle s'assit à l'entrée de sa demeure et attendit immobile l'arrivée du trio.

La lanterne, tenue à bout de bras, pénétra dans ce qu'il fallut bien appeler une nursery.

Une boule de poils noirs et blancs dormait, serrée contre quatre autres de couleur d'ébène aux yeux mi-clos. Les cinq nouveaux-nés pointaient leurs museaux ronds et rosés hors de leur nid de paille.

Sans doute épuisés par leur première tétée, les cinq chiots aux bouts d'oreilles tombantes et figés tels des loirs en hibernation ne prêtèrent nullement attention à la lumière qui les inondait et pas davantage aux paroles de surprise de leurs visiteurs.

Les cinq bébés chiens, tout tremblants et pattes raides, passèrent de main en main. Guillaume, expert en sexologie canine, déclara que la nichée se composait de trois chiens et d'une chienne... bicolore.

En quelques semaines, les chiots ne tardèrent pas à se développer et se dissiper en conséquence. On prenait garde à ne rien laisser à leur portée craignant qu'ils ne le réduisent en guenilles.

Tout n'était que jeu et chahut.

Les incorrigibles *machouilleurs* mettaient en charpie tous morceaux d'étoffe, bout de bois ou cordage qui traînaient en les tiraillant, les déchiquetant, les mettant en miettes de leurs crocs déjà bien acérés.

« Chiot qui aujourd'hui mâchouille bien, demain sera redoutable mâtin ! »

Dévorant tout ce qui était mangeable, ils prirent rapidement du poids et de la corpulence.

Pendant ce temps, Gabin, précédé de Pygargue qui avait terminé d'allaiter continuaient à battre la campagne. La clientèle toujours plus nombreuse obligeait le couple à se mettre en quatre pour la servir au mieux.

La chienne tirait courageusement sur la corde et ne manquait jamais de montrer ses crocs à tout passant qui lui paraissait suspect.

Qu'il pleuve, qu'il neige ou qu'il vente, le couple téméraire, toujours sur la brèche, usait semelles et griffes dans la boue, sur la glace ou la poussière des chemins.

Les journées étaient interminables... Malgré la vente au prix le plus juste, la cagnotte bien dissimulée dans une cache secrète de la maison familiale commençait à présenter des rondeurs de bourgeois bien nourri.

Gabin décida alors de passer aux choses sérieuses.

Le moment était venu de faire comprendre aux cinq chiens que le temps des jeux était révolu et qu'il serait dorénavant remplacé par celui du travail.

Bien entendu, selon la tradition, ils se virent attribuer des noms d'oiseaux.

La jeune chienne fut nommée : La Mouette. (En rapport avec le blanc et le noir de la rieuse.)

Les quatre chiens, rigoureusement semblables, urent droit à un patronyme collectif qui simplifia les choses : Les Freux. (Ceci en raison du noir corbeau de leur pelage).

La première opération consista à passer au cou de chaque animal un fort collier relié à une corde et ainsi de lui faire comprendre que sa liberté devenait conditionnelle. Celle-ci était laissée au bon vouloir d'un maître qui, à leur grand étonnement, se trouvait à l'autre extrémité de la laisse.

Après quelques séances de cabrioles en tous sens, de jappements négatifs et sauts de lapins en rut, le tout sous le regard impassible de Mère Pygargue, les chiots faisant contre mauvaise fortune bon cœur, se calmèrent.

Devant ce dernier geste de bonne volonté (tout de même quelque peu obligé), Gabin couvrit les cinq détenus de caresses.

Il convient de souligner que le maître fut aidé dans sa tâche par la mère monoparentale. Celle-ci, durant cette première épreuve de dressage, avait daigné rompre de temps à autre son impassibilité.

Elle avait lancé, à bon escient, quelques coups de pattes sur le museau de ses enfants terribles afin d'en obtenir le calme.

« Pour chien, comme humain, qui aime bien châtie bien ! »

Dans un même temps, Gabin rendit visite à Toussaint Floryson, le charron, fabricant de charrettes et fourgons de marée.

L'atelier, plus que centenaire, se situait à la sortie de la ville sur la route d'Ault.

Il se composait d'un immense hangar comprenant une forge à soufflet de cuir, et divers outillages disséminés çà et là.

Des corps de charrettes en cours de fabrication ou réparation encombraient la plus grande partie du bâtiment.

Contre les murs de pisé partiellement noircis par la forge, des barres de bois poussiéreuses entassées par dizaines, attendaient d'être façonnées en prenant le temps d'évacuer leur sève...

Sous le hangar sombre, Gabin aperçut un jeune employé qui tournait un énorme volant de fonte. Il actionnait un tour croulant sous les copeaux.

Sur l'imposante machine, un tourneur sur bois était occupé à usiner des moyeux de roues,

Le tourneur tenait à pleines mains l'outil à long manche de hêtre terminé par une lame d'acier coupant comme un rasoir, qui modelait la pièce en déroulant de longs serpentins d'orme aux odeurs de sous-bois.

Un autre ouvrier, après avoir cerclé lesdits moyeux, enfonçait à grands coups de masse les bagues troncs coniques de fonte destinées, plus tard, à recevoir les essieux.

Le patron, Toussaint, charron dont la renommée n'était plus à faire, préparait à l'extérieur un cercle d'acier destiné à *châtrer* deux roues qui attendaient leur heure, posées sur sept parpaings de chaux.

Gabin s'approcha,

— Bonjour maître Floryson, j'aurais besoin...

Le charron d'un ton bourru lui coupa la parole.

— Pas maintenant ! tu vois bien que je suis occupé à chauffer ce cercle qui ne peut attendre... toi, oui !

Gabin comprenant que l'opération en cours était délicate, ne se le fit pas dire deux fois et se recula pour patienter.

La pièce en question, d'un imposant diamètre, était posée sur cinq supports de fer au beau milieu d'un feu en couronne qu'un apprenti alimentait sans cesse de bois sec.

Le Maître et deux compagnons charrons surveillaient, se tenant prêts, pince en mains, à se saisir d'un même élan du cerceau d'acier qui commençait à rougir

L'opération ne souffrait aucune erreur.

— Voilà le rouge, s'écria Toussaint, allons-y !

Les trois hommes, protégés de la flamme par de longs tabliers de cuir, agrippant le cercle avec une parfaite coordination, le soulevèrent et enjambèrent le foyer en direction de la roue en attente.

Gabin observait avec une grande attention chaques faits et gestes de ces artisans qui détenaient l'expérience laissée par leurs ancêtres de génération en génération.

Il avait pourtant, de nombreuses fois, vu et revu des charrettes sillonner les chemins, mais jamais il n'aurait imaginé combien ce métier était impressionnant de savoir-faire.

Les trois hommes se tenaient droits, bien campés sur leurs jambes écartées, maintenant le cercle encore rouge, au-dessus de la roue arborant ses 7 secteurs de jante, ses 14 *rays* et son moyeu frais cerclé et bagué.

— On pose ! hurla toussaint.

D'un geste précis, visiblement souvent répété, le cercle descendit d'un coup, entourant la jante qui se mit aussitôt à se calciner en produisant des volutes d'une épaisse fumée bleue, alors que de courtes flammes surgissaient sur le pourtour.

— On mouille !

Les trois compagnons se saisirent prestement d'arrosoirs préalablement préparés à cet effet. Avant que le bois ne se consume plus que permis et ne mette l'opération en péril, ils inondèrent copieusement l'ensemble *fer-bois*.

En se rétractant, la ceinture d'acier enserra la roue en émettant quelques craquements qui témoignaient de l'ajustement définitif des 22 éléments de hêtre, acacia et orme constituant l'ensemble de la pièce flambant neuve.

Gabin était émerveillé. « De la belle œuvre ! »

Alors que ses deux ouvriers préparaient le deuxième cercle, Toussaint s'approcha.

C'était un homme à la stature de géant. Une épaisse tignasse rousse couvrait ses oreilles. Son visage ruisselait de sueur, traçant des sillons sur la suie qui maculait son visage.

De ses yeux bleus et ronds, en contraste avec le masque sombre, il fixait Gabin d'un air interrogateur.

— Bien ! je suis à toi Gerfaut, tu es bien Gerfaut le fils du Gerfaut pêcheur, n'est ce pas ? Et toi, à ce qu'on m'a dit, tu es débutant chasse-marée. Comment vont tes affaires ?

Gabin, tout surpris de cette tirade venant de l'homme à l'allure bourrue qui l'avait si sèchement reçu, se rassura en constatant que le charron n'était bougon que durant l'exercice de ses fonctions...

« Chef d'œuvre en train ne souffre pas désordre ! »

— C'est bien cela, Sieur Toussaint et je suis heureux que vous m'ayez fait attendre, non pas que j'ai des heures à perdre, mais cela m'a permis d'admirer votre beau travail.

— Et tu n'as pas tout vu mon garçon, la confection d'une roue comporte bien d'autres opérations, comme le travail à la tarière, au rabot et à la gouge carrée, pour exécuter mortaises et tenons. Puis il y a également le déport du moyeu à prévoir afin qu'elle ne se mette pas en morceaux au premier dévers. Elle sera ensuite barbouillée au goudron de pin et graissée au suif pour vivre plus que centenaire...

Le charron devenait intarissable lorsqu'il s'agissait de parler métier...

— Assez bavardé ! qu'attends-tu de moi ?

— Je voudrais que vous me disiez quel serait le coût pour un charreton à chiens à deux essieux.

— Combien as-tu de bêtes pour ton attelage ?

— Cinq. La mère, Pygargue, sa fille Mouette et ses quatre fils, les Freux...

— Que voilà bien des noms d'oiseaux...

— J'espère que je n'y laisserai pas trop de plumes, plaisanta Gabin.

— Je m'en vais te calculer l'affaire au plus juste, Gerfaut, je sais ce qu'est la vie de chasse-marée... et puis peut-être qu'un jour tu reviendras pour me passer commande d'un *ballon* quand tu auras bel et bien avancé et que tu seras propriétaire de cinq ou six, beaux et robustes boulonnais ou bidets. Repasse en fin de semaine, j'aurai préparé ton compte...

Gabin, en attendant, reprit la brouette...

« Cent fois sur la brouette remettez vos harengs...)

À la date prévue, il se présenta chez Toussaint.

D'après les informations qu'il avait eues par ailleurs il savait approximativement à quel montant il pouvait s'attendre pour un charreton de ce modèle. Il savait également que ses réserves financières en prendraient un coup... derrière la bourse !

Il ne s'était pas trompé. Malgré des ferrures récupérées sur une ancienne charrette hors service et dont Toussaint lui fit cadeau, la ponction s'avéra sévère...

— J'ai prévu 4 roues aux jantes de 7 centimètres, lui dit le charron. Cela sera largement suffisant pour la charge que tes chiens pourront tirer et prendre les sentiers autorisés avec une *mande* de 200 kg. de marchandise. Les jantes comme les limons seront en hêtre sec de dix ans, le moyeu en orme, les rayons, timon et palonnier faits d'acacia des Charentes, quant au *huyot* il sera renforcé de fer et équipé des cuirs d'attelage.

Devant cet étalage technique, Gabin réalisant son dernier rêve en date, prit sa décision.

— L'affaire est dite, Sieur Foryson, je vous porterai la moitié de la somme dès demain à mon retour de tournée et le reste à la livraison de la charrette prête à prendre chemins comme convenu.

VIII

Le feu de Dieu.

Contrairement aux grands chasse-marée, à qui l'on interdisait de détailler, de ne faire halte en chemin que pour relayer et, étant tenus d'arriver, comme pour Paris « avant que prime fût sonnée à Saint Magloire », Gabin, toujours considéré comme vendeur au détail, pouvait distribuer sa marchandise selon son bon vouloir et en fonction de la demande de sa clientèle.

Après de multiples essais à vide et quelques chavirages dus à la fougue des jeunes chiens de trait, Gabin réussi enfin à dompter Mouette et Freux.

Il fut aidé en cela par Pygargue, qui, attelée en tête, finiT par se faire respecter de sa turbulente marmaille.

Avec près d'une *mande* de harengs et autre poissonnerie embarquée sur le charreton flambant neuf, l'attelage prit la route pour une longue tournée.

Le temps était au beau fixe, les chemins devenus poudreux comportaient moins de risques qu'à l'habitude, ceci par le fait qu'un nombre incalculable de faucheurs étaient occupés à la fenaison.

Outillés de faux et de fourches, ces derniers dissuadaient tout naturellement les brigands qui, devant cet afflux d'éventreurs improvisés et coupeurs de jarrets en puissance, préféraient se tenir à l'écart...

L'attelage allait bon train. Les cinq compagnons de route tiraient ferme sur les colliers, heureux d'en découdre avec le charreton et son chargement.

Gabin profitait des descentes ou faux plats pentus, pour monter à l'arrière du ballon et braver l'équilibre.

Il était alors tel un Ben Hur campé sur son char, donnant du fouet dans le bleu d'un ciel toscan.

Les paysans suspendaient un instant "le geste auguste du faucheur" pour regarder, chose inaccoutumée, avec étonnement, passer le chasse-marée modèle réduit tiré par des chiens.

Mais il était celui que l'on attendait. Jugé colporteur de grande utilité, il apportait au poissonnier du bourg, à l'abbaye perdue en pleine campagne, au bouillon proche ou à la simple famille, de quoi faire maigre le vendredi ou se laisser aller à une petite folie à base de poisson pour le Dimanche.

Alors, une charrette, qu'elle soit tirée par des chiens ou autres animaux, peu importait !

On levait la main en signe de bienvenue en lançant des « Holà poissonnier ! »

Gabin quant à lui, assourdi par le crissement des roues et les aboiements des chiens, ne distinguait que les bouches qui s'animaient accompagnées des gestes de bien venue.

Il répondait par des « Holà l'ami ! » ou « Le bonjour de Gerfaut ! ».

C'était avec grande fierté qu'il montrait sa réussite, son ascension dans le métier de chasse-marée.

Bientôt, il serait respecté comme l'étaient les grands aventuriers de la route du poisson.

À son tour, il irait, lui aussi, ravitailler la capitale, fonçant comme un forcené sur les chemins des mareyeurs se battant contre la pendule, le sommeil, les bandits, les diverses embûches et autres intempéries.

Il traiterait d'égal à égal avec les plus grands.

Comme beaucoup, il braverait les interdictions pour continuer à approvisionner ses clients habituels en cours de route, ceux-là même qui aujourd'hui, lui donnaient toute leur confiance et souvent leur amitié.

Si un jour, il réalisait cet ultime rêve, jamais il n'oublierait ceux qui l'avaient aidé par leur fidélité à le concrétiser.

« Homme qui ignore la reconnaissance n'est que fieffé gredin ! »

En cette période, tous n'avaient qu'un seul sujet de conversation. On ne parlait que de la Saint-Jean prochaine.

Cette grande fête de l'été, entourée d'une kyrielle de coutumes et de superstitions, demandait une sérieuse préparation.

On envoyait dans les bois les gamins, ramasser à pleines brassées, des branches mortes pour les entasser au cœur des villages.

Avec grand soin et compétence, on montait le bûcher en commençant par une ou plusieurs bottes de paille sèche qui serviraient d'allumoir. On plaçait à bon escient les fagots, puis les gros bois pointés vers le ciel qui permettraient de faire durer le plaisir et d'élever les flammes.

« Plus haut sera le tas, moins de maux tu auras... »

Lorsque tout était paré pour l'allumage, il ne restait plus qu'à prier le Bon Dieu, la Sainte Vierge, ses saints, même les farfadets de Provence et autres elfes Scandinaves pour que le ciel reste clément...

Il est vrai qu'à cette époque, les croyances relatives à la fête qui marquait approximativement le solstice d'été, allaient bon train.

Ne disait-on pas que les hautes flammes, à condition que l'on tourne un certain nombre de fois autour, protégeaient des furoncles, du mal des os, des reins et autres néfastes sortilèges.

On disait aussi que les nouveaux-nés présentés dans les bras de leur mère tournant trois fois autour du brasier seraient de grands chanceux et plus encore, si on les balançait dans la fumée, (comme si les ennuis n'arrivaient pas assez vite avec l'âge...) ils grandiraient plus rapidement.

En attendant, ils commençaient sans doute à tousser comme des bronchiteux pour tenter de rejeter la fumée qui leur chatouillait les bronches...

Les impatientes filles à marier, qui, elles, faisaient au minimum neuf fois la circonférence en courant, étaient censées trouver un époux dans l'année.

Bien entendu et en toute logique, la même chose était réciproque pour les gars qui, eux, ne manqueraient pas de trouver dans ces dernières pucelles leur future compagne...

Dans certains lieux, on plaçait même des sièges vides autour du feu pour que l'ombre des défunts puisse s'y reposer et contempler la fête.

Peut-être bien que certains anciens, à six pieds sous terre et que l'on avait complètement oubliés se contentaient de jouer avec leurs feux follets...

Le soir de la Saint-Jean arriva.

Gabin, revenu d'une bonne tournée, n'aurait manqué cette réjouissance à aucun prix...

Ce qui, en principe, était une fête débuta par une belle bagarre entre les Daubers, marchands de drap et les Guille-Maigret, qui faisaient commerce de dinanderie.

Cette année-là, on avait décidé que le feu serait allumé par une jeune fille de la ville.

Ces deux familles avaient été pressenties par le maire, comme les plus aptes à accomplir cette tâche hautement honorifique.

Une compétition s'en était suivie des mois auparavant.

N'ayant pas réussi à départager les deux chefs desdites familles et ceci malgré la participation du curé Duquenoy, qui avait lui-même rempli ce rôle l'année précédente, les deux hommes en vinrent aux mains.

Nous pourrions d'ailleurs dire "aux bâtons" car les deux belligérants, sous les encouragements de leurs harpies d'épouses respectives, s'administrèrent une redoutable dégelée de bois durs.

On ne compta plus plaies et bosses.

Ce fut le visage en sang et à quatre pattes dans la poussière que l'on réussit enfin à les calmer.

La décision fut prise de donner un flambeau à chacune des jouvencelles objets du scandale, avec pour mission, d'allumer la paille en deux endroits opposés.

« Guerre qui débute par causeries se fait en paix... »
« Sage décision vaut mieux que coups et plaies... »

Instantanément le bûcher s'embrasa mêlant à la nuit de folles volutes enfumées pendant que de hautes langues de flammes léchaient les étoiles.

Gabin, qui, malgré les fatigues de la journée, avait retrouvé le feu de Dieu, sauta et dansa avec l'ardeur de sa jeunesse.
Il ne se contenta pas de faire neuf fois le tour du bûcher, il le fit vingt fois, trente fois et peut-être davantage. Espérait-il sans doute trouver pour l'année à venir l'embarras du choix de belles à marier...

Tous voulaient bénéficier des bienfaits du feu de joie. On se pressait, se frottait à la flamme, dansait, sautait par-dessus le brasier, au risque de se brûler les moustaches.

Au milieu du crépitement caractéristique des branches de châtaignier, des bruits de sabots frappant le sol et des sons acides des violes, des rires et des cris d'enfants fusaient de toutes parts.

Les vieux qui n'avaient plus l'ardeur nécessaire pour exécuter le saut dans les flammes de leur jeunesse révolue, s'appropriaient à leur façon leur dose de rites immunitaires.

Avant de faire l'autre grand saut, ils refusaient tout de même d'échapper aux bienfaits du feu. Ils se contentaient alors d'enjamber d'un pas chancelant et de fouler maladroitement quelques braises qui consumaient, l'espace d'un instant, leurs semelles de bois.

Ils retardaient ainsi, au moins d'une année, l'ultime échéance...

Si en outre, on pensait à ajouter au brasier un bouquet d'armoise odorante, c'était les maux de reins qui infailliblement disparaissaient...

« Fleurs des champs ne mangent pas de pain ! »

Les soucis, comme par enchantement, s'évaporaient dans la ronde pour faire place à la joie euphorique du moment.

Le curé, qui faisait amende honorable en assistant à cette « fête païenne » (bien qu'il s'agisse de glorifier Jean le Batiste) et pour qui, il n'était pas question de faire prendre le moindre risque à sa soutane, se contentait du plaisir plus matériel de se rafraîchir le gosier de quelques timbales de cidre.

Il se refusait de croire à ces sornettes impies, préférant celles admises par la religion, qu'il était hors de question de contester.

Parfois lorsque que la fournaise, après avoir brûlé une bonne partie de la nuit, s'était transformée en un amas de braises incandescentes on y jetait des galets.

Il convenait de les récupérer au petit matin pour aller prestement les placer dans les champs afin de garantir le succès des moissons.

Autre tradition incontournable, chaque famille ramassait une braise encore rouge (chose bien connue à cette époque : les tisons sacrés des feux de la Saint-Jean ne brûlaient pas les mains !). On conservait alors le précieux porte-bonheur, qui assurerait santé et prospérité à la maison, pour les douze mois à venir...

L'année précédente, Gabin avait déjà remarqué une jolie fille aux sabots vernis et décorés de fleurettes multicolores. Leurs regards s'étaient croisés, mais l'apparition s'était rapidement éclipsée, définitivement, derrière un rideau de fumée.

Depuis, cette image furtive n'avait cessé de trotter dans sa tête.

Et là, au moment où il s'y attendait le moins, la belle avait réapparu.

Elle était là, à deux pas de lui tournant dans la ronde. Elle courait et dansait avec grâce. Dans son dos, aux épaules recouvertes d'une dentelle à larges mailles, une longue tresse noire, que terminait un ruban de soie rouge, se balançait au rythme de ses pas.

Par deux fois, elle sembla le reconnaître.

Gabin fit mine de quitter la ronde, puis attendant le bon moment il s'y inséra de nouveau.

Cette fois il tenait la main de la fille aux sabots fleuris. Elle sentait bon le patchouli

Elle ne le quittait du regard que pour lancer de temps à autre des œillades en direction d'un couple élégant à l'allure stricte, debout et légèrement en retrait, qui semblait veiller au grain.

Pourtant, Gabin sentait la main de la jeune fille se crisper sur la sienne.

Profitant du foyer qui les mettait pour de courts instants à l'abri des regards inquisiteurs de ceux qui devaient être les parents, ils firent les présentations.

— Je m'appelle Gabin Gerfaut...

— Et moi Martine de Lestrange...

Après chaque tours de ronde, ils reprenaient.

— Je suis chasse-marée dans cette ville...

— Nous habitons sur la route d'Abbeville, au lieu dit La Jacquaire...

La course folle se poursuivait...

— Je connais, dit Gabin, j'ai pour client la famille Bairier...

— La grande maison au portail de fer, à côté, c'est nous... Ce sont mes parents, ils sont d'une grande sévérité... La Saint-Jean et l'office du Dimanche sont mes seules sorties de l'année...

Le dialogue s'arrêta là. D'un geste péremptoire de la main, le père fit un signe à sa fille.

La fête avait assez duré, la permission de minuit était épuisée.

Martine serra un peu plus la main de Gabin en signe d'au revoir.

Il vit s'éloigner la Cendrillon de ses rêves entre ses deux parents. Après quelques pas, elle fit mine de secouer un sabot pour le débarrasser d'un gravier imaginaire.

Se retournant elle lança un triste sourire en direction du cavalier dont elle se séparait à regret.

La lueur orangée des flammes caressait son visage...

Gabin en savait assez. Il connaissait son nom et son adresse. Il ne lui restait plus qu'à faire son enquête pour en savoir plus...

Il retrouva ses parents qui observaient le spectacle en devisant avec des connaissances.

La lueur que Marie aperçut dans les yeux de son fils ne trompait pas.

— Je t'ai vu parler à cette jolie fille. Elle semblait bien disposée à ton égard. C'est une demoiselle de Lestrange, le minotier, une famille bourgeoise près de leurs sous dit-on... ne te fais pas trop d'illusions, mon garçon, ces gens-là ne sont pas comme nous... un sous pour nous autres, c'est comme cent pour eux !

Elle poursuivit.

— Mais je te connais bien mon Gabin, je pense que ce n'est pas ce petit handicap à tes yeux qui va t'arrêter n'est-ce pas ?..

— Peut-être bien... peut-être bien... répondit Gabin, l'esprit ailleurs.

Déjà, à ses yeux, le feu et ses danseurs n'existaient plus.

De même ses oreilles lui faisaient défaut. Il était subitement devenu sourd au monde extérieur. Il n'entendait qu'une voix cristalline qui criait dans sa tête, « Gabin, Gabin, ne m'abandonne pas, pense à moi, je veux te revoir ! »

Une autre voix, mâle cette fois, s'éleva encore plus fort, « Foi de Gerfaut ! la belle, nous nous reverrons ! »

IX

Exercices d'approche.

Gabin connaissait bien le grand portail de fer forgé, véritable chef d'œuvre de ferronnerie, des de Lestrange. À plusieurs reprises, il avait tenté d'aller proposer ses services à cette famille qu'il supposait fortunée.

Chaque tentative s'était soldée par un échec.

Malgré la cloche actionnée avec insistance, le chef d'œuvre d'acier restait imperturbablement clos sous son porche.

Au fond d'un parc non moins remarquable, en haut d'un perron monumental une lourde porte de chêne sculptée finissait par s'ouvrir lentement, comme à regret, alors que le visage diaphane d'une sorte de larbin soumis, apparaissait dans l'entrebâillement.

Ce que Gabin prenait pour un concierge scrutait attentivement l'intrus qui était cramponné aux barreaux et sans un mot refermait définitivement le lourd battant.

Notre chasse-marée dépité, repartait alors en bougonnant entre ses dents, devant autant d'impolitesse.

Tout en *chassant* devant lui son attelage maintenant bien rodé au parcours, il réfléchissait au moyen de se faire admettre chez ces grands bourgeois afin de leur faire ses offres de service et surtout, raison moins terre-à-terre... de revoir la belle Martine.

La minoterie qui répondait du nom pompeux de "Grands moulins de Lestrange" avait été fondée en 1640 par un ancêtre "Lestrange" tout court.

À l'époque, le modeste moulin hydraulique à foulon ne comprenait qu'une meule de pierre meulière, sur rodet, mue par un arbre de bois.

Le père du minotier actuel avait modernisé l'ensemble et l'avait doté d'un étage et de deux meules à grains supplémentaires.

De ce fait le moulin était devenu minoterie.

Du même coup, le patronyme Lestrange étant estimé, par le nouveau minotier, trop anodin pour la fortune qui commençait à s'accumuler, celui-ci acheta la particule qui transforma ledit nom en "de Lestrange" et lui permit ainsi d'accéder au cercle restreint de la grande bourgeoisie locale.

Une autre conséquence moins avouable fut que les besoins en eau pour l'alimentation de la roue à aubes, elle aussi redimensionnée, priva les paysans alentour de l'irrigation nécessaire à leurs cultures. Ces derniers tentèrent en vain de se rebiffer, mais le tribunal jugea que l'intérêt public primait sur quelques plaintes de petits agriculteurs sans importance...

« Tant bien que mal, justice est rendue ! »

Gabin passa en revue ses clients proches pouvant êtres susceptibles de jouer les intermédiaires...

« Mieux vaut parfois s'adresser en premier à ses Saints plutôt qu'au Bon Dieu ! »

Il pensa à l'épouse bien nourrie du notaire Saint-Macquaire, amis des de Lestrange, dont l'opulente et trop lourde poitrine s'effondrait en masquant son ventre rebondi.

La grosse matrone ne manquait jamais à chaque livraison, de minauder en lui faisant les doux yeux. Elle tournait autour de lui en balançant de droite et de gauche un postérieur, digne de celui d'un des percherons de Bandrin le chasse-marée...

Très rapidement, il l'exclut des candidates entremetteuses.

Il ne souhaitait à aucun prix être redevable de cette créature de cauchemar qui aurait immanquablement exigé en compensation, de lui , ce qu'il pouvait imaginer de pire par la suite...

Il y avait bien les Bairier, voisins des minotiers dont il avait parlé à Martine lors de la ronde de tous les espoirs, mais d'après ce que l'on en disait, ces derniers n'étaient pas en très bons termes avec le ceux-ci.

Les Bairiers étaient des gens modestes qui vivaient de l'exploitation de quelques arpents de terre hérités des parents décédés.

Germain de Lestrange avait convoité ce terrain attenant sans pouvoir mettre son projet à exécution, malgré l'appui de connaissances bien placées.

Devant le refus catégorique et justifié de Louis Bairier, lui-même victime du manque d'eau cité plus haut, il avait été contraint et forcé d'abandonner, non sans quelques rancunes d'enfant gâté, les rêves de prolongement de son parc.

Toutefois, Gabin pensa que la Dame Bairier à qui il apportait sa douzaine de harengs frais deux fois dans le mois et avec laquelle il entretenait les meilleures relations amicales, pourrait lui donner quelques précieux renseignements sur ses encombrants voisins.

« Souvent, potins d'ennemis valent mieux que sournoiseries de courtisans... »

Ce fut à dessein qu'il avança d'une journée sa livraison chez cette dernière.

Pour ce qui fut desdits potins, il en reçut bonne dose !

Après quelques questions sournoisement évasives sur les us et coutumes des de Lestrange, la brave femme, avide de paroles expliqua que, grâce à quelques coups d'yeux indiscrets et oreilles traînantes, elle pouvait affirmer que « la petite Martine », fille unique, faisait l'objet d'une véritable claustration.

Elle ne passait le porche d'entrée que pour se rendre à l'église, toujours accompagnée et surveillée de près. Elle ne recevait aucune amie et ne devait se contenter que des ennuyeux repas de famille ou d'affaires qu'organisaient ses parents afin surtout de faire la démonstration extravagante de leur opulence.

Parfois des éclats de voix lui indiquaient que, prenant de l'âge la jeune fille se rebellait et menaçait « de fuir dans la forêt pour y mourir... ».

— Pauvre petite, dit-elle, que ferait-elle seule dans les bois, la nuit, je n'ose y penser... Parfois, continua-t-elle, je guette le portail pour voir si elle n'aurait pas l'idée saugrenue de mettre son projet à exécution. Je m'apprête alors, à me porter à son secours... Mon mari, Louis, me dit de m'occuper des miens et que ce ne sont pas mes affaires, mais moi je ne peux m'empêcher de m'inquiéter pour cette gamine qui serait comme qui dirait ma fille, comprends-tu ?

— Et sa mère, comment réagit-elle ?

— La minotière, comme je l'appelle, possède un mari qui l'écrase comme il met le blé en farine. Elle n'a pas droit à la parole. Lui c'est le maître ! Qu'il s'agisse de son chien, de son jardinier ou de son couple de domestiques, de bien braves gens pourtant, il mène tout son monde à la baguette. Je crois bien qu'en ce qui concerne Jean et Julie, la jeune Martine les préfère à ses parents... Ces deux-là, quand nous nous retrouvons au bourg, me font comprendre des choses...

Puis, pensive, elle ajouta.

— Le mien est parfois soupe au lait, mais je n'auraiS jamais accepté qu'il m'empêche de partager l'éducation de nos trois enfants... Après tout, le Bon Dieu à fait qu'ils aient père et mère ...

— Pensez-vous qu'il me serait possible de rencontrer l'un ou l'autre de ces braves gens demanda Gabin qui sauta sur l'occasion. Peut-être que, par leur intermédiaire, je pourrais enfin pénétrer cette prison dorée ?

— Rien de plus facile, mon garçon, il suffit que tu me livres un vendredi au matin vers 10 heures. Julie revient du bourg avec les miches pour la semaine, il me suffira de lui dire de passer à la maison...

— Et l'homme au visage couleur de farine qui ouvre la porte lorsqu'on sonne au portail qui est-il ?

— C'est le majordome, Gabriel Gaugeon, qui fait aussi office de professeur et d'éducateur pour Martine. C'est un homme instruit, célibataire et plus bénitier que notre curé de paroisse. Il n'est pas très méchant, mais il est tout dévoué à la cause du maître et surveille tout ce qui bouge dans la maison. C'est pour cela qu'il se charge lui-même, de recevoir ou non, les visiteurs qu'il juge opportuns ou à éloigner. Sans doute a-t-il décidé que tu faisait partie de la seconde catégorie, lança Jeanne en riant...

Gabin fit claquer son fouet à plusieurs reprises. Avec tout cela, il avait pris du retard. Gaétan, le moine de Saint-Fiacre devait l'attendre pour mettre en train le potage aux harengs.

Une forte mais trop courte averse survint. Elle ne parvint pas à faire retomber la chaleur de cette journée de canicule.

Les chiens, tout de même revigorés par cette douche de fraîcheur, redoublèrent de vigueur.

Les passants, qu'ils soient à cheval, en charrette ou à pied, se voyaient contraints de se déporter pour laisser le passage à Ben Hur et son attelage qui tentaient d'imiter les grands maîtres de la voie Appienne du poisson.

La réputation du mareyeur commençait à porter ses fruits. On le reconnaissait, le saluait au passage.

« Faisons place, c'est Gerfaut ! »

« Toujours en chemin, toujours à fendre l'air, mais jamais il ne manque un salut. » Disait-on.

Après avoir livré l'abbaye, l'auberge du « Cheval fou » et les derniers particuliers habituels de la tournée, Gabin, l'esprit plus en repos, réfléchit à la stratégie qu'il serait bon d'adopter pour tenter d'entrer en contact avec la jolie Martine.

Le hareng serait évidemment à la base de l'exercice d'approche...

La femme Bairier lui avait dit que les minotiers et leurs domestiques consommaient du poisson mais que l'habitude de la maison était d'aller s'en procurer directement à Cayeux.

C'était Jean, qui attelait le cheval pour se rendre à la ville.

Il faudrait donc, si sa prochaine entrevue avec Julie était concluante, réussir à convaincre le minotier de se laisser servir à domicile.

Le bon argument serait de lui faire toucher du doigt que cette nouvelle solution libérerait le domestique d'une perte de temps, qu'il serait plus judicieux de mieux rentabiliser ailleurs.

Le maître de Lestrange étant aussi près de ses propres sous, qu'Harpagon des siens, il ne devrait pas, malgré son caractère rébarbatif, rester insensible à cette possible économie, de bout de chandelle soit ! mais économie quand même...

Rendez-vous fut pris avec Julie par l'intermédiaire de Jeanne Bairier.

Après avoir expliqué la situation, la brave domestique fit promesse de demander à son maître le minotier, de bien vouloir recevoir notre chasse-marée en faisant miroiter à l'avare, une économie à porter à son crédit...

Profitant d'un moment où ledit minotier semblait de bonne humeur, Julie s'en approcha.

— Savez-vous, Monsieur, qu'il vous serait possible d'y gagner en vous faisant servir directement depuis Cayeux, au jour qu'il vous conviendrait, par Gabin Gerfaut le chasse-marée détaillant ? Ce jeune homme a bonne réputation et sert déjà bon nombre de familles et aussi curés, abbayes et couvents ? Il y va de votre intérêt.

— Et qu'y gagnerais-je, brave femme ?

— Du temps et l'usure de la voiture à cheval, Monsieur. Jean pourrait ainsi s'occuper à autre chose plutôt que de perdre des matinées à voyager pour quelques harengs ou autres poissonnailles... Sauf votre respect, je ne me permettrais point de vous rappeler que temps est argent, et je suis certaine que vous y trouveriez votre compte.

— Bien, bien, Julie, je dois me rendre à la minoterie, nous allons y réfléchir...

Presque deux mois passèrent...

Le minotier, pour un motif inexpliqué, traversa une crise de mauvaise humeur intense qui se caractérisa par des colères injustifiées et des remarques désobligeantes à l'encontre de sa famille et du personnel qui n'osaient dire mot.

Il vociférait pour tout et rien, grommelait entre ses dents couronnées d'or, lançait des coups de bottes contre tout ce qu'il trouvait sur son passage, ne dormait plus et grignotait sans appétit, malgré les efforts de la cuisinière qui s'évertuait, sans résultat, à mijoter civets et matelotes...

Seule Martine, exaspérée, finit par sortir de ses gonds. Son visage de porcelaine rosi par la colère elle s'exclama :

— Père ! vous êtes insupportable, la vie ici devient impossible, si encore vous nous expliquiez la cause de vos bougonneries et de vos sautes d'humeur, peut-être que cela vous soulagerait et que votre entourage retrouverait un peu de quiétude !

Le papa interloqué, se rendit compte à cet instant que sa fille devenait femme et qu'elle aurait dorénavant, qu'il le veuille ou non, son mot à dire.

Ces brusques rébellions dont la jeune fille devenait depuis quelque temps coutumière, lui confirma qu'elle n'avait pas hérité du caractère effacé de sa mère et qu'il faudrait qu'il compose avec...

— Tu as peut-être raison ma fille, mais le métier de minotier n'est pas une sinécure et actuellement, le grain que l'on me livre est de mauvaise qualité. Bien entendu je demande des rabais sur le quintal, mais la qualité de la farine s'en ressent, le prix à la vente aussi et cela n'arrange en rien mes affaires.

— Vos colères, père, ne vont ni regonfler ni sécher les graines, cela n'est pas la première année qui vous amène de tels désagréments et nous n'en sommes pas morts... au moins vous ne manquerez point d'eau pour actionner le moulin...

Il convenait de se rendre à l'évidence, les galets placés dans les blés le lendemain de la Saint-Jean ne devaient pas avoir été assez nombreux ou mal chauffés car cette année-là les moissons furent de piètre qualité...

Qu'il s'agisse du blé, de l'avoine, seigle ou sarrasin, des orages à répétition eurent raison d'un bon nombre de parcelles qui virent leurs épis se coucher sous des pluies diluviennes.

Mais la courageuse Martine n'en resta pas là.

Quelques jours auparavant, Julie lui avait parlé d'un certain Gerfaut, jeune chasse-marée de son état, qui aurait, disait-on, excellente réputation et qui désirait faire ses offres de service pour vendre du poisson. Elle lui expliqua que sur la recommandation discrète de la voisine Bairier, elle en avait informé son père.

— Je pense, petite demoiselle, que ton père avec ses soucis, a d'autres chats à fouetter et c'est sans doute la raison de son silence à ce propos...

Cette conversation ne tomba pas dans l'oreille d'une dure de la feuille !

Martine comprit immédiatement que l'affaire n'était pas fortuite et que comme lui avait promis Gabin, sinon de vive voix, au moins par un fluide télépathique dont les amoureux ont le secret, ce dernier cherchait à la revoir...

Continuant sur la lancée avec son père, elle enchaîna.

— Et puisque vous semblez disposé à écouter votre fille, père, Julie m'a informée de sa requête auprès de vous, au sujet de ce chasse-marée, un certain... Gerfaut ou Ger... peu importe, qui se proposerait de nous faire livraison de poissonnaille fraîche, ce qui aurait pour effet de libérer Jean de tous ces voyages à la ville... Puisque vous prétendez que vos affaires vont de mal en pis, petites économies ne sont pas à négliger et peut-être devriez-vous prendre une décision à ce sujet...

— Bien ! puisque je constate que ma fille tient à prendre quelques responsabilités dans cette maison, vois cette affaire avec ta mère et faites pour le mieux. Vous n'aurez qu'à me tenir au courant en temps voulu de votre décision et de la suite...

Sur ce, le minotier tourna les talons.

Martine, toute guillerette, s'empressa de retrouver Julie afin de lui annoncer la bonne nouvelle. Cette dernière qui était aussi la confidente de la jeune fille apprit du même coup par sa bouche, que ledit Gerfaut, Gabin de son prénom, avait été son cavalier le soir de la Saint-Jean et qu'il ne lui était pas indifférent...

Accostant sa mère d'un air détaché, Martine lui annonça qu'ensemble, elles devraient, sur la volonté du Maître, s'occuper de l'affaire du chasse-marée et que Julie se chargerait de le convoquer sur-le-champ.

Dans un même temps, il conviendrait de convaincre Gabriel le majordome qui après tout n'était qu'un employé...

La minotière qui ne s'était jamais vue confier autant de responsabilités, faillit s'écrouler d'une syncope !

X

Inévitable grain de sable.

Gabin était occupé à charger le charreton.
Les chiens ne tenaient plus en place, pressés
qu'ils étaient de prendre le chemin des
livraisons.

Avec l'exercice de traction qu'ils répétaient
chaque jour, ils avaient forci, s'étaient musclés.
Les quatre chiots de Pygargue étaient devenus
de vraies boules de nerfs constamment prêts à
en découdre avec le *ballon*.

Ledit *ballon* devenant pourtant de plus en
plus lourd, ils le tiraient gaillardement et
s'encourageaient mutuellement en jappant
langues au vent.

Devant l'impressionnant spectacle de ces
cinq molosses, n'admettant aucun empêcheur
de tracter en rond, bien peu de canailles
s'aventuraient à leur chercher des poux dans les
poils.

De plus notre athlétique chasse-marée, qui en imposait par sa stature et son allure de redoutable centurion, contribuait à faire comprendre au plus benêt des bandits de grands chemins qu'il était dans son intérêt de préserver côtes et mollets en choisissant ailleurs une proie moins épineuse...

« Renard évite le hérisson ! »

Maintenant le chemin défilait devant notre chasse-marée. Les chiens couverts de poussière allaient bon train. Derrière l'attelage, un nuage blanc enfarinait l'atmosphère puis se dispersait mollement en saupoudrant la nature avoisinante.

Le soleil du matin, déjà brûlant, inondait la campagne.

Gabin debout au cul du charreton tentait de se rafraîchir en profitant de l'air tourbillonnant qui évaporait la sueur.

À chaque gué, chaque point d'eau, il stoppait les chiens pour les faire boire.

Avec un bruit caractéristique de langues qui lapent, les bêtes se gorgeaient d'eau fraîche indispensable à leur bon métabolisme pour assurer la suite du parcours.

Par cette chaleur, il n'était pas question de flâner en route, le poisson n'attendait pas...

C'était le jour de la Jacquaire.

On avait livré les Guerlevent et l'on s'était fait agripper par les enfants Gneulle qui réclamaient leur histoire. Les gamins ne comprirent pas que leur conteur, cette fois ci, leur fit faux-bond, au prétexte que la marchandise ne souffrirait pas, à cette saison, de patienter en plein soleil.

Gabin reprit sans perdre de temps la direction du lieu-dit, laissant là ses auditeurs habituels dépités.

Au loin émergeant dans une brume de chaleur, il aperçut la grande bâtisse des de Lestrange puis, la ferme légèrement en retrait des Bairiers.

Une silhouette de femme se tenait debout au bord du chemin à l'ombre de l'orme centenaire qui montait la garde près de sa ferme.

Il reconnut Jeanne.

Arrivant à sa hauteur et profitant de l'ombre, il arrêta l'attelage.

— Bien le bonjour Jeanne, vous êtes donc si impatiente de me voir que vous m'attendiez à l'abri de cet arbre, plaisanta Gabin..

— Bien le bonjour à toi, Gabin. Tu dis bien ! Je ne voulais pas te laisser passer chemin sans te dire une bonne et importante nouvelle...

— Serait-ce au sujet des de Lestrange ? demanda Gabin avide de savoir...

— Justement ! Julie est venue me voir pour me dire que l'ordre lui avait été donné de prendre rendez-vous avec toi pour ce que tu sais. Tu pourras, quand il te plaira, sonner au portail. Cette fois le Gabriel sera bien obligé de t'ouvrir. Tu seras alors à même de faire affaire avec lui. Verras-tu Martine ? poursuivit-elle en affichant un sourire convenu, ça c'est une autre question. Sans doute te faudra-t-il t'armer d'une bonne dose de patience et encore montrer patte blanche...

— Peu importe, Dame Bairier, l'important est, dans l'immédiat, de faire mon entrée dans la forteresse.

Puis remplissant le panier de son informatrice, il la remercia :

—Pour la peine les poissons, pour vous, seront gratuits aujourd'hui, je vous dois bien cela...

Ce fut endimanché comme pour un jour de noces que, dès le lendemain, Gabin se présenta au portail qui devait, en lui offrant le passage, lui permettre de pénétrer dans le royaume de la princesse aux sabots fleuris.

Ce fut le cœur chancelant, qu'il attrapa la chaînette.

À remarquer la façon avec laquelle il actionna aussi vigoureusement la cloche de bronze, il fut permis de penser qu'il prit le majordome pour un handicapé de la feuille de chou !

Au bout d'un instant qui lui parut interminable, notre chasse-marée vit enfin la porte de chêne s'entrouvrir. Le regard inquisiteur de Gabriel scruta un long moment le portail.

— Je suis Gerfaut, le chasse-marée !

Sans un mot, l'homme longiligne, vêtu de noir, s'approcha à pas lents.

Un rideau, derrière une fenêtre haute se souleva. Malgré le reflet, Gabin crut apercevoir une main lui faisant un signe...

Une imposante clef tourna dans la serrure.

Gabriel tira le ventail de fer forgé et fit signe à Gabin d'entrer.

— Doucement les chiens ! lança ce dernier... Bonjour Monsieur. Vous êtes Gabriel le majordome à qui je dois offrir mes services, je pense ?

— C'est bien cela, répondit l'homme avare de paroles.

Se plaçant devant son attelage, Gabin le dirigea sous le cercle d'ombre que dispensait un énorme mûrier.

Il resta un moment en admiration devant le spectacle qui l'entourait.

L'allée, bordée d'hortensias multicolores aboutissait dans une cour circulaire comprenant en son centre un petit bassin à margelle de pierre, lui-même de forme arrondie, avant de desservir le perron qui conduisait à l'entrée principale de la majestueuse demeure.

Un doux bruit de cascade lui parvenait.

Placé au centre du bassin un angelot de granit déversait depuis son épaule, sans jamais pouvoir la vider et avec grande obstination, l'eau d'une jarre.

De chaque côté, des massifs de rosiers et d'annuelles diverses, donnaient l'impression d'être simplement posés sur un immense tapis de gazon et se répartissaient avec une belle harmonie.

Des arbres, disséminés çà et là avec méthode, de toutes tailles et d'essences rares, offraient leurs ombrages à une multitude d'oiseaux piaillant dans les branches ou gratouillant leurs brûlis.

Un étang alimenté par le trop-plein du bassin central était animé de libellules se risquant aux dessus d'ondes concentriques provoquées par des carpes prédatrices. Ces dernières, en quête permanente, mouchaient et sautaient en retombant bruyamment en de scintillantes gerbes d'éclaboussures.

Entourant l'ensemble et déjà éloigné du regard, un bois épais et sombre laissait deviner un haut mur de clôture.

La bâtisse aux trois étages en imposait par sa taille.

C'était une belle maison bourgeoise avec sa façade aux neuf fenêtres, son clocheton d'ardoise et son élégant perron aux rampes torsadées.

Gabin se dit que certains naissaient sous une étoile d'or, d'autres d'argent...

Lui était né sous un astre plus modeste de bien faible éclat...

Pourtant, il était heureux de son sort et il pensa qu'en avançant honnêtement et laborieusement sur le chemin de la vie, tout homme sain de corps et d'esprit pouvait lui aussi réussir à raviver sa propre étoile...

Se tournant vers le majordome qui lui, ne semblait voir que le vide qui l'entourait, il tenta de nouer le dialogue.

— Vous avez bien de la chance, Monsieur Gabriel de vivre dans ce magnifique décor et d'avoir des maîtres aussi respectés...

— Dieu les garde, jeune homme... Mais voyons plutôt l'objet de votre visite. Je m'en vais quérir Jean et Julie qui seront plus à même d'exprimer un jugement quant à la qualité de vos marchandises.

L'homme au visage émacié et à la silhouette rappelant la baguette d'un sourcier, non enclin semblait-il à communiquer avec un simple chasse-marée colporteur et détaillant, tourna les talons, dos voûté et se dirigea vers les cuisines.

Quelques secondes plus tard il réapparut, flanqué des deux domestiques.

Alors que le trio approchait, Gabin perçut par bribes la voix de Julie qui semblait protester contre le manque de confiance du majordome.

— ... avis... inutile... jeune homme... confiance... réputation...

L'autre, ayant *chaussé ses œillères*, persistant dans sa détermination de larbin borné, ne disait mot.

Le trio arrivant à sa hauteur, Julie tout sourire s'adressa à Gabin.

— Bien le bonjour Monsieur le chasse-marée... Notre majordome ne changera jamais, voilà maintenant qu'il nous fait juges en poissonnaille, comme s'il était dans votre intérêt de venir nous proposer quelques nourritures avariées.

Gabriel toujours muet attendit que le couple ait accompli sa mission d'inspection alors que Jean, l'époux de Julie, appréciait à sa juste valeur l'état de la marchandise.

— Ce poisson à l'ouïe bien rose. Les crevettes sont fraîches et les coques convenablement closes, cette poissonnaille est parfaite, conclut-il.

— Vous voyez bien Gabriel qu'il n'était pas utile de remuer toute la maison...

Faisant mine de ne pas entendre le reproche de Julie, qui ne se gênait pas semblait-il d'exprimer ses pensées, Gabriel, sans doute habitué au franc-parler de l'incontournable cuisinière, déclara :

— Je vous laisse, voyez ce qu'il nous faut, convenez ensuite du prix et du prochain rendez-vous afin que nos maîtres et nous-mêmes ne manquions pas de provisions, puis réglez sur-le-champ, au plus juste, ce que vous prendrez, comme à l'habitude.

Dès qu'il eut tourné les talons, Gabin impatient, s'adressant à Julie, lui demanda des nouvelles de Martine.

— Comment va Mademoiselle Martine ?

— Mademoiselle, si l'on en croit l'ardeur avec laquelle elle est intervenue en votre faveur auprès de notre Maître, fait preuve par sa vitalité, de son excellente santé...

— Tant mieux, tant mieux... c'est que... comme je ne l'ai pas aperçue... je me demandais...

— Elle doit être dans sa chambre à étudier ou à lire, dit Julie tout en comptant les harengs qu'elle plaçait sur le torchon à carreaux bleus qui garnissait son panier.

Elle rabattit les quatre coins du tissu pour protéger les poissons des mouches, lesquelles par la chaleur ambiante tentaient elles aussi d'effectuer leurs emplettes.

Après avoir fait les comptes et reçu ce qui lui était dû, Gabin glissa sa bourse dans un des paniers du ballon et s'apprêta à prendre congé, non sans avoir convenu avec le couple d'un nouveau passage.

Les chiens impatients de reprendre leur course et sentant par instinct la fin de la transaction, sur le signal de Pygargue, commencèrent à aboyer en amorçant un demi-tour dans la cour pavée.

Gabin, en prenant congé, scruta la fenêtre haute. Cette fois il ne rêva pas.

Celle-ci s'entrouvrit et Martine lui fit un signe d'au revoir...

Dorénavant il livrerait à semaines passées comme convenu, la famille de Lestrange.

Il comptait bien qu'un jour avec l'aide du temps et des habitudes, il réussirait à approcher Martine et même à lui parler... lui dire toutes ces choses qui tournaient dans sa tête...

Il est rare que toute affaire, même correctement menée, ne trouve pas au cours de son déroulement l'imprévisible grain de sable qui parvient au moment où on l'attend le moins, à entraver son bon déroulement.

« Plante hâtive qui croît sous une branche se cogne la tête ! »

C'était au cours de sa deuxième livraison chez les minotiers, qu'un cavalier fit irruption dans la cour.

C'était un homme jeune richement vêtu. Il descendit de son cheval.

Jean s'empressa d'attraper la bride qu'il noua à l'un des anneaux d'aciers scellés dans le mur de façade.

Gabriel, tout en courbettes, fit pénétrer le jeune homme à l'intérieur.

— C'est Armand de Covel, dit Julie. Il est le fils d'un riche notaire d'Amiens qui est en affaire avec le Maître. Un bel orgueilleux, prétendant de Mademoiselle Martine qui le fuit comme la peste. Mais j'ai comme pressentiment que si le Dieu de Lestrange s'est mis dans la tête de la marier avec ce grand dadais, la pauvrette n'y pourra pas grand-chose...

Au fur et à mesure que Julie égrenait ces mauvaises nouvelles, Gabin sentait son estomac descendre lentement dans ses chausses. Puis de curieux picotements nasaux furent symptomatiques de la moutarde qui lui montait au nez !

Comment des parents dignes pouvaient-ils obliger leur fille à prendre époux contre son gré.

Jamais, il ne la laisserait s'en aller « mourir dans la forêt » comme elle menaçait lors de ses rébellions.

De même qu'il n'était pas question qu'elle épouse ce « grand dadais d'Armand de Coosel... ou Coonel... enfin cette sorte de Cou... lemelle prétentieuse », que selon Julie, la jeune fille exécrait !

Il fallait absolument qu'il parvienne à entrer en contact avec Martine.

Il décida de réfléchir en chemin à cette nouvelle inattendue...

XI

Le conseil des anciens.

Chez les Gerfaut, on tint conseil.

Gabin, durant la tournée qui suivit la visite chez les minotiers, entre deux « du nerf les chiens ! », s'était torturé l'esprit.

Chemin faisant il avait tenté de définir une stratégie propre à contrecarrer l'obstacle de Covel.

Il savait déjà, chose ô combien positive, que Martine n'avait nulle intention d'épouser ce prétendant imposé et qu'elle ne semblait pas décidée à se laisser faire.

Les parents Gerfaut avaient attendu leur fils pour souper. C'était habituel quand ce dernier prévoyait d'être de retour avant la nuit.

Le soir tombait. On avait allumé la chandelle.

Marie avait mijoté une copieuse soupe de harengs et loups, améliorée d'un bouquet de crevettes provenant de la pêche du jour.

Guillaume et Marie observaient leur fils qui dévorait, affamé mais pensif.

Après une timbale de cidre avalée d'un trait, Gabin expliqua la situation aux anciens tout à son écoute.

La coutume chez les Gerfaut n'était pas de mettre sur la table ses états d'âme.

Il n'était nul besoin, pour se comprendre, d'étaler ses sentiments...

Certains signes comportementaux suffisaient souvent à informer l'entourage des joies et tourments de chacun.

La petite famille ne faisait qu'un et il était tout naturel que l'on interpelle l'autre sans avoir à mettre des paroles sur la musique...

« Souvent, grain de silence est plus pesant que sac de sable ! »

Toutefois, pour certaines situations, le jeune homme éprouvait le besoin de recueillir les conseils toujours avisés de ses parents.

Eux avaient vécu et surmonté des épreuves.

Ils s'étaient mesurés à une vie éprouvante,sans faveur et avaient acquis une sorte de sagesse dont lui, encore en proie aux excès de la jeunesse, était dépourvu.

Il raconta sa visite chez les minotiers : le majordome, les deux domestiques, le rideau qui s'était levé et le signe amical de Martine. Puis ce fut l'arrivée du cavalier et les explications de Julie sur les intentions autoritaires du maître des lieux.

Tout en piquant de l'index les miettes de pain sur la table, il continua :

— Ce de Covel, Armand de son prénom, est fils de notaire à Amiens. Martine, d'après Julie, se cache dès qu'elle aperçoit le museau de son cheval. Gabriel, le majordome au visage blafard la somme alors de faire acte de présence. Elle s'exécute en rouscaillant et non contente de faire mauvaise figure devant celui qu'elle considère comme un importun, elle ne décroche pas une parole...

— Au moins cette fille a du caractère, mais il lui sera difficile d'aller à l'encontre de la volonté de ses parents. Eux ne voient que le mariage des fortunes, confirma Guillaume. Si tu veux approcher cette petite, il va te falloir jouer de délicatesse et d'obstination mon garçon. « Il n'est de meilleur chasseur que celui qui sait habilement jouer de ruses... »

— Comment comptes-tu t'y prendre, demanda Marie, le front plissé.

Gabin réfléchit un instant, puis il proposa :

— Tout d'abord je vais m'informer plus avant, auprès des Bairier. Peut-être auront-ils d'autres informations à me communiquer. Ils seront, je pense, tout disposés à m'aider. Étant en bons termes avec les domestiques, ils accepteront sans doute de faire passer un mot que je leur remettrai à l'attention de Martine...

— Sois prudent ! à l'inverse des paroles, les écrits restent et il serait bien fâcheux qu'un de tes message tombe entre les mains de qui tu sais, avertit Marie.

— Quant à ce Covel, que vaut-il ? demanda Guillaume. Toutes ces familles riches se serrent les coudes et le reste. Il est difficile pour des gens de notre rang de les contrer. Ceux-là ont partout des appuis qui, par leur influence, les aident à mener à bien leurs projets, qu'ils soient bons ou mauvais.

Marie, comme toute mère inquiète, ne voyait dans cette affaire que le côté sombre et n'avait de cesse de trouver des arguments propres à décourager son fils.

— Les autres filles à marier ne manquent pourtant pas, dit-elle, pourquoi aller au-devant d'ennuis en voulant à tout prix prendre une bourgeoise pour épouse aussi belle et intelligente soit-elle. Pense à ton avenir avec une femme habituée à vivre sans compter et qui n'a pas pour habitude de se salir les mains au labeur.

— À ce que m'en a dit la femme Bairier, celle-là n'est pas ce que vous dites. Elle se moque des convenances, se rebelle souvent contre son père autoritaire et sa mère mollassonne. Elle ne craint pas d'aider Jean le domestique quand il jardine ou lorsqu'il soigne les chevaux et si, comme je le pense, elle présente quelques aimables sentiments à mon égard, je suis certain, que les présents obstacles surmontés, nous pourrons faire bon ménage.

— Que Dieu t'entende fils ! Mais prends garde ou tu mets les chausses, c'est ton père qui te parle et qui sait de quoi il retourne. On a vu d'autres cas où ce que l'on disait grand cru est devenu vinaigre. Malgré les bonnes résolutions de chacun, les volontés de bien faire s'évaporent souvent après les noces comme goutte d'eau sur la braise...

— J'entends bien, mais je veux tout de même tenter ma chance et essayer de communiquer avec Martine. Je pourrai ainsi juger par moi-même de la force de ses sentiments à mon égard.

Voyant qu'il serait impossible de faire changer d'avis son obstiné de fils, Guillaume conclut :

— Alors faits ce que tu penses bon pour toi, c'est ton affaire, ta mère et moi ne voulons que ton bonheur. Va ton chemin, chasse-marée ! Si l'avenir en décide comme tu l'espères, la jeune minotière sera la bienvenue chez les Gerfaut.

XII

L'art de contourner...

La chaleur lourde avait fait place à un gros orage qui venait d'éclater pendant la nuit.

Pygargue, terrorisée par la foudre, s'était réfugiée en transes, dans son tonneau, tandis que pareillement, les Freux et leur sœur : Mouette, n'en menaient pas plus large.

Qu'aurait-on pu faire de mieux comme cabanes à chiens que d'employer des tonneaux réformés et couchés de chez Gneule le cidrier. Pas une goutte d'eau ne traversait la barrique et les animaux, sur leur lit de paille, y trouvaient le repos nécessaire pour affronter la tournée du lendemain.

Pygargue et Mouette possédaient leurs appartements personnels alors que les quatre Freux logeaient dans deux barriques de plus grande taille.

Le soir, les chiens fourbus, après avoir englouti une pâtée reconstituante, rentraient chacun dans leur chacunière sans jamais avoir l'outrecuidance de violer l'espace de l'autre.

Cette nuit-là pourtant, oubliant tous les principes de la bienséance, les cinq descendants de Pygargue sous le crépitement infernal de la grêle sur les carapaces de chêne, choisirent de s'agglutiner dans un seul et même baril.

« Rien n'est plus rassurant que le cocon familial. »

Gabin, après le calme qui, au petit matin, suivit la tempête, retrouva son courageux attelage entrelacé en une unique boule endormie.

L'air s'était rafraîchi. Des vapeurs aux odeurs de terre mouillée montaient du sol, tout ce qu'il fallait pour attaquer la tournée.

Très rapidement on constata que les chemins n'étaient que bourbiers et branchages.

On disait que par endroits des grêlons de la taille d'œufs de pigeon avaient haché menu feuillages et cultures.

En bordure des chemins, des paysans, ça et là, observaient immobiles, atterrés et tête basse, ce qui avait été leurs cultures et découvraient, découragés, le saccage de leur gagne-pain.

Au loin, un chasse-marée de retour de la Capitale, qui avait roulé la nuit durant, soulevait des gerbes de boue en fouettant ses chevaux.

Celui-là avait hâte de rentrer pour profiter du repos dominical.

Au-delà du vacarme habituel de l'attelage, des cris et des rires en émergeaient par bribes, trompant ainsi la morosité ambiante.

Gabin ne tarda pas à reconnaître Charles Bandrin bien accompagné et aussi, transbahuté dans le fourgon vidé de son chargement, Laplonge son *voiturin*, lui aussi en bonne compagnie et qui semblait ne pas s'ennuyer.

Bandrin, comme d'autres grands chasse-marée à cette époque, avait pour habitude, pour bien passer leurs Dimanches de ramener de Paris une ou deux filles consentantes.

Ces dernières étaient destinées à leur faire oublier les tracas de la vie et leur dur métier...

Le lundi, elles étaient également du voyage de retour vers la capitale, chargées avec la marchandise, l'une sur un cheval, l'autre contre le *voiturin* sur le haut du ballon.

L'équipe de joyeux voyageurs croisa, dans une explosion de gaîté et de boue, Gabin qui, lui, n'espérait que de revoir sa belle minotière.

À cet instant, il songea que lui n'aurait nul besoin d'avoir recours à ces pratiques. D'ailleurs celles-ci n'apportaient souvent que maladies vénériennes, et autres désagréments à ceux qui en abusaient sans discernement...

La jolie Martine, elle, sans aucun doute possible, n'était que pureté...

« Une pomme encore verte vaut mieux que deux véreuses ! »

Gabin, revenant sur ses réflexions, changea d'avis. Il avait quelques scrupules à mettre la brave dame Julie à contribution.

Si par malheur elle se faisait prendre, c'est le beau portail de fer forgé qui l'attendrait elle et son Jean de mari.

Il ne souhaitait à aucun prix être responsable d'une telle catastrophe.

Il faudrait donc trouver une autre astuce...

Après avoir discuté davantage avec la femme Bairier, celle-ci lui confia quelques habitudes des habitants de la maison.

Entre autres confidences, elle lui expliqua que Gabriel le majordome, sur ordre de sa maîtresse, se rendait chaque soir, dans le bois adjacent, pour promener le caniche abricot.

La minotière était bien trop apathique pour le faire elle-même.

Il y restait de longues minutes à attendre que sa majesté à poils daigne faire ses besoins dans la nature, plutôt que sur le canapé de satin où il passait, telle une peluche inerte, le plus clair de son temps.

C'étaient les jours de pluie que ledit meuble souffrait parfois de désagréments canins, au grand dam de Martine qui, afin de rester dans la meunerie, qualifiait la bestiole de « moulin à crottes ! ».

La jeune fille préférait son petit chat angora qu'elle avait baptisé : Flocon.

Il était blanc comme neige et n'avait besoin de personne pour respecter la bienséance en se rendant de son plein gré à l'extérieur afin, d'hygiéniquement se soulager.

Il était sa propriété et personne n'avait le droit, dans la maison, d'en prendre soin. Martine s'était réservé l'exclusivité de son éducation et hormis quelques gâteries de Julie il ne quémandait sa nourriture qu'à sa jeune maîtresse.

Quant à Gabriel qui mettait son nez partout, il n'avait droit qu'au gros dos et coups de griffes, s'il tentait de s'en approcher.

« Pas si bête les bêtes ! »

Mais revenons au principal : la manière, pour notre chasse-marée, de correspondre avec la jolie Martine sans impliquer qui que ce soit.

Gabin pensa bien à des solutions extrêmes comme de placer un mot dans le ventre d'un hareng en prévenant Julie, de lancer un caillou habillé d'une missive dans la fenêtre de Martine, en l'absence du majordome, ou encore de se déguiser en épouvantail à moineaux et de héler la jeune fille lors d'une de ses promenades au jardin.

Mais toutes ces solutions lui semblaient peu fiables.

Il était impensable d'offrir à sa belle une lettre parfumée au fraîchin, ni de fracasser un de ses carreaux ce qui n'aurait pour effet que d'attirer l'attention de Gabriel qui, même absent, finissait toujours par s'informer.

Quant à l'épouvantail, quelle image romanesque donnerait-il à l'élégante demoiselle ?

Bref ! tout cela n'était que bêtise et ne méritait pas qu'il y réfléchisse davantage...

« La tête dans les étoiles, certes ! mais les pieds sur terre ! »

Lors des livraisons chez de Lestrange, Gabriel, sous les railleries répétées de Julie qui l'accusait sans cesse de manque de confiance à son égard se sentit sans doute de trop, et finit par consentir de lui ficher la paix.

La domestique devint donc libre de choisir et de traiter directement avec Gabin.

Cela avait, par ailleurs, l'avantage de permettre à nos deux protagonistes de parler de tout et de rien, de plaisanter ensemble et d'échanger les nouvelles de la semaine.

Flocon, le chat blanc, avait pris pour habitude de se précipiter, queue à la verticale, au-devant du chasse marée dès qu'il entrait dans la cour.

Attiré par l'odeur de marée, il savait qu'une belle crevette rose lui était à chaque fois réservée.

C'était sa friandise, son sucre d'orge au crustacé à lui et jamais il n'aurait raté cette aubaine.

Gabin l'attrapait, le posait sur le *ballon* et lui laissait déguster son met en attendant Julie.

Un soir, alors qu'il roulait en direction de la Jatte, l'idée tellement attendue lui traversa l'esprit.

Il suffirait de préparer un fil à repriser blanc passé dans un fétu de paille, de la longueur d'un dé à coudre, à l'intérieur duquel il glisserait un minuscule message roulé

Il fixerait le tout, tel un collier, au cou de Flocon pendant qu'il serait en prise avec sa *chevrette* rose.

Sa maîtresse, toujours attentive à la propreté de son chat, ne manquerait pas de remarquer ce curieux sautoir.

Flocon, quant à lui, bénéficiant de l'innocence animale, ne risquait pas, en cas de découverte par Gabriel, chose toutefois improbable, de se faire remercier...

Euréka ! hurla Gabin en faisant claquer son fouet dans la nuit tombante.

Pygargue se retourna, tout étonnée de cette ordre inconnu et décida en continuant sa route de ne pas tenir compte de cette exclamation intempestive.

En fin de compte, son maître s'il voulait se faire comprendre, n'avait qu'à parler en bon français !

« Qui parle franc, se fait entendre ! »

Quelques jours plus tard, le jour de sa livraison chez les de Lestrange, Gabin mit son idée à exécution.

Après avoir affûté pointu comme une aiguille une mine de graphite, il inscrivit sur un confetti de papier quelques minuscules mots :

« *Mademoiselle Martine,*
S'il vous paraissait agréable que nous échangions quelques petits mots, écrivez-moi par le même stratagème, et indiquez-moi lors de ma future livraison, un endroit secret qui pourrait nous servir de cache pour nos futurs messages.
En espérant ne pas vous avoir fait offense.
Gabin. »

Ayant auparavant préparé en collier fil et micro message, il secoua la cloche, le cœur battant.

Flocon allait-il se précipiter comme d'habitude pour recevoir sa gâterie ?

Il n'eut pas longtemps à attendre.

Le chat, sans doute guidé par son instinct, débit comme prévu, laissant pour un instant son occupation favorite : le *farfouillage* de taupinières !

Il passa d'un bond entre deux barreaux du portail et vint réclamer à coup de longs et modulés miaulements ce qu'il pensait être son dû : la crevette fraîche et rose au parfum enivrant...

Gabin lui caressa le museau et l'installa sur le *ballon* pour faire le service.

Au moment où il fouillait dans sa poche pour en sortir le collier de fil blanc, Julie accourue.

C'était raté ! comme il l'avait décidé, il ne souhaitait pas que la domestique soit mêlée en quoi que ce soit à cette affaire.

Il laissa poche restante la parure secrète. Seuls, lui, Flocon et Martine étaient concernés...

Après quelques lamentations, la brave Julie qui se plaignit de rhumatismes, de mal de dos et autres petits maux dont elle aimait faire état, remplit son panier de trois douzaines de harengs.

Vinrent s'ajouter à cela, six coquilles Saint-Jacques et une demi livre d'*huîtrées* (écaillées) comme il était courant de livrer ces dernières, à cette époque.

« Qu'importe l'apparence, quand le délice est avalé ! »

Flocon, indifférent à ces transactions, continuait de mâchouiller bruyamment tout en ronronnant, la carapace de chitine de son arthropode à pinces...

Gabin, afin de faire durer, lui en présenta un deuxième.

— Mon garçon, tu vas nous pourrir cette bestiole à la gâter ainsi, dit Julie.

— C'est qu'aujourd'hui est un grand jour, répondit Gabin.

— Et pourquoi seigneur un grand jour ? Tu aurais donc décroché la lune ?

— Comment l'avez-vous deviné dame Julie ? demanda Gabin qui s'était un peu trop avancé, c'est bien ce dont il s'agit ! vous êtes grande devineresse. J'ai décroché, par la pensée, l'astre de la nuit et vous l'offre pour tout ce que vous avez fait pour moi, dit Gabin pour noyer le hareng. Prenez-en bien soin, ajouta-t-il, ceci est du bonheur assuré pour vous et votre mari, en plus, vous constaterez que vos ennuis de santé, à n'en pas douter, disparaîtront au prochain quartier.

— Si ce n'était mon âge avancé, je dirais que tu es un charmeur, chasse-marée et que les jeunettes des alentours feraient bien de rester prudentes...

Sur ces mots Julie, déjà guérie de ses douleurs, saisit l'anse de son panier et rose de plaisir, tourna les talons.

— N'ayez aucun souci pour le chat, lança Gabin reprenant espoir, j'attendrais qu'il ait terminé son festin pour reprendre la route...

Dès que la bonne domestique se fut éloignée, notre colporteur s'empressa de nouer le collier au cou du chat en prenant soin de ne pas trop le serrer afin que l'émissaire à poils ne cherche pas à s'en débarrasser.

Gabin vit Flocon s'éloigner. La fenêtre haute s'ouvrit, Martine fit un geste de la main auquel il répondit discrètement.

La jeune fille appela son chat sans se douter qu'une surprise l'attendait...

XIII

Le dialogue s'installe.

Flocon n'en faisant qu'à sa tête, il ignora l'appel de Martine et se rendit tout droit auprès de sa dernière taupinière afin de tenter de terminer ce qu'il avait commencé...

Parfaitement figé à l'affût du moindre mouvement de motte, il resta un long moment à attendre une manifestation de la taupe qui ne vint pas.

Découragé, il décida alors de rejoindre sa maîtresse.

Celle-ci, découvrant les pattes souillées de terre de son chat, l'attrapa vivement et se mit en devoir de nettoyer les dégâts.

Tellement préoccupée sans doute par les soins apportés aux coussins souillés de son protégé, elle ne s'aperçut pas que le cou aux longs poils de ce dernier recelait un curieux collier.

Ce fut ainsi que Flocon, porteur insouciant de l'important message, reprit le chemin de la chasse aux talpidés où il passa le reste de la journée à guetter une improbable proie.

Le soir, après avoir, faute de taupe, englouti quelques déchets et à nouveau s'être fait décrotter les pattes par sa maîtresse mécontente, il s'installa pour dormir.

Ce fut, collier toujours vissé au cou, qu'au pied du lit de cette dernière, il passa la nuit réparatrice qui effaça son épuisante journée...

Au petit matin Martine encore à demi endormie senti le souffle de son minet qui venait en ronronnant lui souhaiter le bonjour et quémander quelques douceurs.

À tâtons, dans la pénombre, elle posa sa main sur la tête du *mistiblanc* et fit glisser ses doigts dans la fourrure moelleuse.

Ce ne fut qu'après une longue séance de caresses et de gratouillis que son majeur s'accrocha par inadvertance à un curieux collier de fil.

Le hasard faisant bien les choses, ce dernier ne résista pas à un brusque mouvement de surprise...

Et quelle surprise !

Après avoir observé avec attention le fétu de paille, elle découvrit, ravie, le mot de Gabin.

Elle en prit connaissance, se réjouit de la demande formulée et resta admirative quant à l'astucieux stratagème employé par celui qu'elle considérait déjà comme un ami.

Ce matin-là, le couple de minotiers lors du petit-déjeuner, constatèrent à leur grand étonnement que leur fille, habituellement silencieuse, descendait l'escalier et toisait, avec une bonne dose de malice Gabriel, en chantonnant gaiement...

Julie aussi fut étonnée en découvrant, alors qu'elle faisait le lit de la jeune fille, un minuscule fétu de paille et un bout de fil à repriser blanc...

— Eh bien Martine, dit-elle, voilà que je trouve de la paille dans ton lit maintenant ! Tu n'as pourtant pas fait moisson à ma connaissance, ni reprisé tes chaussettes à l'écurie...

Les bêtes ayant toujours bon dos, Martine répondit sans l'ombre d'une hésitation :

— Nom d'un chien ! c'est encore Flocon qui a ramené des saletés dans ses poils. J'ai beau faire aller la brosse, il reste toujours quelques débris oubliés...

— C'est heureux, il aurait fait beau voir que tu dormes dans l'écurie avec les chevaux ! en plus, lorsque tu jures soit juste, il ne s'agit pas d'un chat mais bien d'un chien, plaisanta Julie.

Le message, quant à lui, avait auparavant prestement fini dans le foyer de la cuisinière...

« Les écrits ne restent que s'ils sont en de bonnes mains... »

Il va sans dire que la jeune fille, la veille de la venue du chasse-marée, s'empressa de préparer la même opération mais en sens inverse pour lui répondre...

Le lendemain matin dès que la cloche du portail se fit entendre, elle noua le fil autour du cou de Flocon et d'une tape au derrière l'envoya retrouver son ami fournisseur en crevettes.
Le chat s'élança en direction du porche, non sans essayer à plusieurs reprises de se débarrasser de cette ficelle trop serrée que sa maîtresse lui avait, allez savoir pourquoi, passé au cou !

Gabin eut bien quelques inquiétudes en observant le chat se tripoter le col.
Si Gabriel ou Julie venaient à s'apercevoir de ces gestes inhabituels, ils auraient sans aucun doute poussé la curiosité jusqu'à venir auprès de lui pour comprendre son attitude...

La tentation étant plus forte que la gêne, le petit matou passa outre et opta, en sautant sur le *ballon*, pour la savoureuse crevette.

Prestement, Gabin d'un geste précis cassa le fil et enfouiT le tout dans sa poche.

Quelques secondes après, Julie fit son apparition.

— Alors Gabin, tu as toujours l'air aussi heureux. Aurais-tu décroché autre chose que la lune cette fois ? lui lança—t-elle.

— Décidemment votre perspicacité vous fera riche, Dame Julie, cette fois c'est la timbale que j'ai décrochée.

Puis, faisant une révérence à la façon d'un mousquetaire, il déclama d'une manière théâtrale :

— Elle est d'argent ciselé d'or, garnie de Louis jusqu'à son bord.

— Tu as bien de la chance mon garçon, en tout cas je prévois que l'heureuse fille qui deviendra ta compagne ne s'ennuiera pas. Et tu n'auras pas de mal à la trouver et comme on dit souvent : femme qui rit est à moitié conquise...

— Alors votre mari Jean, à ce que l'on en juge, a dû bien vous amuser pour que vous lui soyez tant attachée...

— C'est vrai et il me fait encore souvent m'esclaffer, mais lui, ne le fait pas exprès, il est d'une étourderie inguérissable et souvent ses distractions font glousser ceux qui l'entourent. Même le majordome se déride alors. Dernièrement lui ayant demandé de remplir la barrique à lessive pour y mettre le linge à tremper, il a vidé un sceau d'eau dans le panier qui se trouvait à côté. Tellement pris par ses pensées secrètes il ne s'apercevait même pas qu'il mouillait ses sabots.

— Un rêveur est un homme heureux, Julie, il ne faut surtout pas essayer de le guérir, il en mourrait de chagrin et vous avec...

— Tu as sans doute raison, mon garçon, je me garderai bien de l'arracher à son petit monde. C'est comme cela que nous avons vécu tous deux jusqu'à présent. Nous avons tout de même mis au monde deux beaux garçons et une cadette, grands maintenant et dotés de bons métiers...

— Il faut que je reprenne la route, Dame Julie, le poisson n'attend pas, mais la prochaine fois, vous n'y couperez pas, il faudra me parler d'eux...

Martine du haut de sa fenêtre avait observé la scène. Elle avait vu Gabin mettre le message dans sa poche.

Elle avait remarqué la discussion à bâtons rompus avec Julie. Ces deux-là s'estimaient et c'était bien ainsi.

Puis, chose surprenante, elle avait aperçu le jeune homme faisant une majestueuse révérence à la domestique tel un laquais à sa reine... « peut-être était-ce en respect pour son grand âge », pensa-t-elle.

Au retour de Julie les bras chargés de victuailles, elle ne tarda pas à mieux comprendre la scène quand la servante lui expliqua tout enthousiaste :

— Ce garçon a toutes les qualités. Il est à la fois vaillant, drôle et rempli de bon sens. Pour sûr, la jeunette qu'il épousera sera la plus heureuse des femmes. Il saura l'aimer, la protéger et la faire rire, que demander de plus ?

Martine n'en crut pas ses oreilles. Si Julie savait !

Gabin dirigea l'attelage vers un chemin à merles fait d'herbe grasse et de haies d'aubépines. Il voulait prendre connaissance du message de Martine, au calme et dans un endroit respectueux et digne de cet événement sans précédent.

Après avoir extrait le minuscule rouleau de papier de soie blanc il le déroula et découvrit l'écriture minuscule mais d'une grande régularité, de la jeune fille.

« Quel bonheur de vous lire ! Au jour de votre prochaine tournée, cherchez un caillou placé sur le dessus du mur d'enceinte côté Est. Dans la fissure qui se trouvera à l'aplomb, vous découvrirez un pli qui vous sera destiné... Avec mon amitié... Martine »

À la lecture de ces quelques lignes, Gabin sauta de joie.

Cette fois, aucun doute, Martine souhaitait faire plus ample connaissance. Il s'empresserait à la date indiquée, de se précipiter pour recueillir la lettre promise.

Fou de joie, ce fut en chantant à tue-tête...
« Sur la route du poisson
Sous le ciel d'azur
Va ton chemin garçon
Le vent dans la voilure

Sur la route du poisson
Sous le ciel bleu d'été
Va ton chemin garçon
Et vivent les chasse-marée... »
... que Gabin remit l'attelage en route.

Les heures seraient bien longues jusqu'à son prochain passage...

Il préféra ne plus y penser.

Le temps qui passe accomplirait son œuvre et ferait défiler les jours...

Ni rois ni Dieu ne pourraient entraver son chemin.

Lui était plus puissant que tous les puissants de ce monde malgré leur vanité et leur soif d'hégémonie...

Gabin pensa qu'il suffisait simplement de s'armer de patience.

Il ne serait jamais souhaitable de brusquer les choses.

« Celui qui sait être patient est un sage qui ne perd rien pour attendre... »

XIV

À bon entendeur...

Martine sursauta.

Encore dans sa chambre, elle était, déjà de bon matin, plongée dans la lecture du Cid et tentait de démêler, sans toujours y parvenir, cette tragi-comédie Cornélienne.

Quelqu'un frappait à sa porte. La voix estompée de Gabriel se fit entendre :

— Mademoiselle Martine, dit-il, le front collé au battant, Monsieur votre père veut vous voir. Il vous attend dans son bureau et souhaite que vous ne tardiez pas car il semble pressé de se rendre à la minoterie.

Cette demande par personne interposée, n'était pas habituelle et Martine se douta bien que quelque chose d'important se préparait.

Sans attendre, elle ouvrit la porte et questionna Gabriel.

— Que me veut donc mon père pour être aussi pressé ?

— Je ne suis pas informé... je ne peux vous répondre, seul votre père ...

Le visage de son garde-chiourme, habituellement blanc comme une coque, se teinta d'un rouge écrevisse ébouillantée. La jeune fille se douta qu'il mentait effrontément.

L'homme était régulièrement le premier informé de tout ce qui se passait dans la maison. Le minotier n'avait aucun secret pour lui. Comment pouvait-il être dans l'ignorance de la situation ?

De peur de rompre son fil d'Ariane elle marqua d'une corne sa page en cours, puis dévala l'escalier qui menait au rez-de-chaussée.

Le patriarche, calé dans son fauteuil de velours ponceau, arborait un étrange sourire. Les bras croisés, il accueillit sa fille avec une certaine solennité mêlée d'une ombre de gêne qu'il s'efforçait sans succès, de voiler.

La minotière était présente, elle aussi assise sur une chaise du même style.

Comme à son habitude, voyant son époux souriant, elle affichait la même sérénité.

Il était à remarquer qu'à l'inverse, lorsque le Sieur de Lestrange semblait contrarié elle faisait de même, par simple mimétisme ...

Donc pour cette fois tout semblait aller pour le mieux. Martine crut en avoir confirmation quand, ouvrant les bras à la façon du curé Duquenoy, perché sur sa chaire et sermonnant ses ouailles, il déclara :

— Ma fille ! Ta maman et moi avons une heureuse nouvelle à t'annoncer.

Martine, le visage soudainement illuminé, sans réfléchir lança avec enthousiasme :

— Je vais avoir enfin un petit frère ou une petite sœur !

Le sourire du minotier se figea et se transforma en un brusque mouvement de stupéfaction.

La minotière qui n'en crut pas ses oreilles fit de même et une fois n'étant pas coutume, ce fut bel et bien de sa propre initiative...

— Mais enfin... ma douce... tu n'y penses pas ? Il ne s'agit pas de cela à notre âge... enfin...

La mère, avec son éternel manque d'imagination, prenant à son tour la parole en se tenant le visage à deux mains, répéta à un mot près la même phrase.

— Mais enfin... Martine...

Cette fois le visage de la jeune fille s'assombrit.

Voilà 18 ans qu'elle supportait d'être fille unique.

Elle s'était prise à penser tout à coup que son statut d'adolescente solitaire allait enfin prendre fin.

Souvent elle rêvait tout éveillée d'avoir un jour à prendre soin d'un petit enfant, frère ou sœur peu lui importait. Elle se voyait occupée à le faire jouer et à le promener dans le parc, mais jamais elle n'avait entendu ses parents aborder ce sujet.

L'espace d'un instant, elle comprit qu'il serait inutile dorénavant qu'elle se fasse des illusions sur l'improbable accroissement familial. Ce serait peine perdue.

— De quelle heureuse nouvelle s'agit-il alors pour que vous sembliez si heureux ? demanda la jeune fille déçue.

— C'est au sujet de ton avenir ma fille, dit le père en relevant la tête. Ta mère et moi avons eu la grande joie de recevoir officiellement une demande en mariage te concernant. Elle provient comme tu peux t'en douter de notre sympathique ami Armand de Covel. Celui-ci, à ce qu'il nous en a dit, meurt d'amour pour toi.

La jeune fille fut abasourdie par cette affreuse nouvelle. Pourtant elle se doutait bien qu'un jour elle n'y couperait pas. Elle entra dans une terrible fureur.

— Il meurt d'amour pour moi, si seulement il pouvait mourir tout court ! Vous n'y pensez pas ! jamais je n'épouserai ce grand benêt. Il est stupide, inintéressant et sans humour. Il ne parle que de ses sous, sa toilette, ses chevaux ou de ses soirées avec des amis qui doivent être aussi superficiels que lui. Me voyez-vous passer toute ma vie avec ce grand dadais pour lequel je n'ai aucune attirance. En plus il serait bien capable de me faire des enfants idiots ! Ah non ! plutôt mourir !

Bien que le couple de minotiers s'attendent à une désapprobation de leur fille, ils ne pouvaient imaginer une telle détermination.

— Il faut penser à ton avenir ma fille, dit le père sur un ton péremptoire, Armand est issu d'une famille fortunée, cette dernière liée à la nôtre, assurerait ton bien-être et celui de tes futurs enfants. Toutefois, ta mère et moi ne voulons pas te brusquer, nous te laissons quelques semaines de réflexion, mais nous restons persuadés que, grâce à ta grande intelligence, la raison l'emportera. Maintenant... laisses-nous... je dois me rendre au moulin.

Martine, sans un mot, tourna résolument les talons et sorti du bureau en claquant la porte.

« Celui ou celle qui claque une porte peut être certain de l'avoir bien close ! »

Pour être close, celle de la chambre de Martine le fût bien et pour longtemps.

La jeune fille, en signe de protestation, s'enferma à clef pendant deux jours entiers, sans se restaurer.

Ses parents affolés eurent beau l'appeler, tambouriner tour à tour, se faire doux ou menaçants, faire intervenir Julie et même le docteur Martiguet, accouru spécialement de Cayeux, rien n'y fit !

Ce ne fût qu'au troisième matin, le visage défait, la gorge sèche et l'estomac criant famine que la jeune fille réapparut pour prendre un petit-déjeuner pantagruélique.

Muette comme un hareng, sous le regard penaud de la mère et embarrassé du père, elle engloutit une demi miche de pain trempé au lait en saturation de sucre.

La bonne Julie s'était empressée de le faire chauffer en y ajoutant deux jaunes d'œufs battus.

« Lait de poule ne veut pas dire : glousse allaitante et vache pondeuse... »

— Il faut que cette petite reprenne force et santé, avait dit Julie...

Quant à Gabriel, toujours aussi loquace, ce fût tête basse qu'il laissa passer sans mot dire, la revenante du second étage...

Pendant ces deux jours de jeûne, Martine n'était pas restée inactive. Elle avait profité de sa retraite volontaire pour rédiger une longue lettre à l'attention de Gabin...

Il ne lui restait plus qu'à tromper la vigilance du majordome pour aller déposer le pli à l'endroit indiqué.

Elle profita du moment où son garde-chiourme, comme à son habitude, était allé faire soulager "le moulin à crottes" pour passer par une fenêtre du rez-de-chaussée. En deux pas, elle atteint le bois puis le mur d'enceinte.

Ayant auparavant fait le choix d'une belle fissure adéquate, elle y glissa l'enveloppe pliée et repliée et revint prestement par le même chemin.

Gabin, le jour convenu, arriva avec son attelage par l'arrière de la propriété.

L'aube, pointant à l'horizon, violaçait le ciel.

Martine lui avait indiqué qu'il devait chercher à l'Est...

Sous le regard interrogateur des chiens, en silence, il fit glisser sa main sur le dessus du mur jusqu'à la découverte d'une grosse pierre.

D'un coup de rein, il s'élança à plat ventre sur la muraille et ne tarda pas à trouver à tâtons, de l'autre côté, la lézarde, boîte à lettre naturelle et secrète.

Fébrile dans la pénombre, les yeux exorbités collés à la feuille de papier, il prit connaissance du message.

Martine lui racontait sa vie de fille de riches. Elle lui disait comment elle était soumise aux contraintes de parents qui, obsédés par leur réputation, la condamnait à une vie de recluse. Mise à part la fête de la Saint-Jean, seul l'incontournable office sacré du Dimanche était l'occasion de mettre le pied hors de sa prison dorée. Cela pour n'assister qu'au papotage de ses parents avec des gens qui ne présentaient pour elle aucun intérêt.

Puis elle lui racontait sa colère pour ce qu'elle appelait : " *la menace de Covel* ", sa dernière dispute avec ses parents, ses deux jours de protestation, son mutisme envers les siens. Seul Flocon et Julie mais aussi « *ce bon Jean* » méritaient son estime.

D'ailleurs elle ne tarderait pas à mettre les deux domestiques dans la confidence « *car ils le méritaient bien* » et, à n'en pas douter, seraient ses alliés discrets.

Elle lui avouait son attachement et son désir de s'évader pour le retrouver en secret... Elle lui disait sa soif de liberté, son désir de fouler cardamines et coquelicots, d'aller respirer l'odeur de mousse des sous-bois et de menthes aquatiques des étangs...

Elle rêvait de battre chemins et layons forestiers et de courir à en perdre le souffle.
Elle lui disait, « *qu'enfin épuisée d'une bonne fatigue, elle s'écroulerait à l'ombre légère d'un chêne protecteur.* »
« *Et là*, ajoutait-elle, *sur votre épaule, je m'endormirais d'un bon sommeil peuplé de doux songes dont vous seriez l'acteur...* »

Tel le corbeau de la fable, « *ne se sentant plus de joie* », notre chasse marée s'élança vers le ciel, enfourcha un nuage et y resta un long moment.
Il en oublia même de reprendre ses livraisons. Ce ne fût que lorsque le soleil risqua de le faire découvrir à cet endroit inhabituel, qu'il retomba sur terre.
Ce fut encore abasourdi qu'il se présenta au portail.
Il y resta longuement, bras ballants ne sachant plus que faire.
Machinalement, sa main agrippa la chaînette et fit tinter la cloche.
Flocon accourut et ayant quant à lui, les pattes bien sur terre et miaula si fort pour réclamer sa pitance, qu'il réveilla un peu plus Gabin de sa torpeur.

Julie, pas encore dans le secret, trouva le colporteur dans un état à demi second.

— Aurais-tu trop forcé sur le cidre de bon matin, mon garçon ?

— Dame Julie... encore une fois... bafouilla Gabin, vous voyez juste, mais ce n'est pas sur le cidre...

— Alors c'est le parfum de la marée qui t'enivre !

— Pas davantage Mart... je veux dire... Julie. Je peux bien vous le dire à vous... c'est... l'amour...

— Grand Dieu ! tu m'as fait peur. Si ce n'est que cela, c'est une maladie qui passe parfois plus vite que la peste...

— Mais je ne veux pas que cela me passe...

— Sainte Vierge ! Voilà bien la première fois que j'entends quelqu'un dire qu'il ne veut pas guérir... mais je te taquine chasse-marée, tu as bien raison, il ne faudrait jamais guérir d'amour.

Se disant, Julie choisissait ses harengs et en garnissait son panier, puis sur un ton inquisiteur elle demanda :

— Et me diras-tu qui est cette bienheureuse qui te met dans cet état ?

— Vous le saurez très vite, Julie, je vous le promets, mais maintenant... je n'ai pas trop de temps. Avec tout cela je me suis encore une fois mis en retard.

— Prend garde de ne pas faire la même chose le jour de tes noces, femme que l'on fait attendre, le rend à son tour... quand elle ne s'en va pas courir ailleurs...

Gabin reprit la route...

Julie retrouvant dans le comportement de ce dernier ses souvenirs de jeunesse s'empressa de clamer à qui voulait l'entendre :

— Ah Monsieur ! je suis bien réjouie, figurez-vous que notre chasse marée est amoureux !

Où :

— Mon bon Jean, figures-toi que le jeune Gabin a la tête dans les étoiles, il est amoureux. Imagine que cet état lui dure autant qu'à toi... Je veux parler de la tête et des étoiles...

Ou encore :

— Martine, le sais-tu ? Le jeune Gerfaut est fou d'amour, à voir comme il est dans la lune, la fille doit être bien belle...

Martine, esquissa alors un étrange sourire qui n'échappa pas à Julie...

— Cette nouvelle à l'air de te troubler. Rassures-toi, ton tour viendra, la belle...

La belle ne répondit pas, mais pensa très fort : « *Cette brave Julie ne croit pas si bien dire...* »

Plus tard, alors que ladite Julie étendait le linge, "la belle" s'approcha et se balançant d'une jambe sur l'autre, se mit en devoir de donner la main à la domestique.

Cela n'étonna nullement cette dernière car la jeune fille, qui adorait sa compagnie comme celle de Jean, venait souvent spontanément aider au jardin comme à la cuisine à de petits travaux.

C'était ainsi qu'elle avait appris à repiquer les salades, planter les bulbes où mettre à mijoter un civet de lièvre ou une soupe de poissons.

Pourtant cette fois elle comptait ses mots, semblait embarrassée et lorsqu'elle ouvrait la bouche c'était pour ne parler que de choses banales...

— Toi tu as un tracas qui te reste bloqué au creux de l'estomac, lança Julie qui connaissait la jeune minotière comme si elle l'avait mise au monde.

— Tu sais Julie que j'ai beaucoup de tendresse pour toi, tu m'as presque élevée. Avec Jean, vous êtes mes seconds parents...

— C'est gentil ce que tu me dis là, ma fille, j'en suis tout émue...

— Si je te confiais un grand secret que je me garderais bien d'ailleurs, de dévoiler à mes parents, accepterais-tu de le garder pour toi ?

— Ce serait un grand honneur et la tête sur le billot, jamais je ne te trahirais. J'ai pour toi autant d'amour que pour mes propres enfants et, une mère digne de ce nom ne les renie jamais.

— Ma pensée était bien celle-là, mais je voulais te l'entendre dire.

— Bien ! je n'ai pas que cela à faire d'écouter ces jolies choses, vas-tu me dire enfin de quoi il retourne ?

— Il retourne, il retourne que... la jeune fille dont tu as fait allusion concernant Gabin et qui d'après toi, lui porte tant d'amour, eh bien... tu l'as devant toi... et ladite jeune fille que je suis, éprouve les mêmes sentiments envers lui. Voilà ! qui est fait ! je t'ai tout dit.

Julie estomaquée par cette nouvelle, resta un instant sans voix.

Puis, se reprenant elle commenta la situation.

— Que peut-on faire contre l'amour ? Il vous enivre la tête et le corps comme une pinte de Terre-neuvas, tu as beau tenter de lutter rien y fait. Cela me met en joie de te savoir amoureuse de ce garçon débordant de qualités, de bonne réputation et ce qui ne gâte rien est beau comme un Apollon. Je serais plus réservée quant à l'opinion de tes parents et surtout celle de Monsieur ton père qui est plus près de ses sous que de sa famille. Mais pardonnes moi petite, tu vas penser que je m'égare... Peut-être ne devrais-je pas parler de tes parents dans ces termes car ils ont toujours été bons pour nous, mais on peut estimer quelqu'un tout en dénonçant ses travers...

Après un moment de silence, Julie poursuivit :

— Et ce de Covel, qui va venir te mettre des bâtons dans les roues ! Si ta mère ne semble pas l'avoir en grande estime, elle se range, comme tu le sais, toujours du côté de ton père et celui-ci n'a que ce parti en tête... quoiqu'il en soit, je serai toujours avec toi en restant d'une grande discrétion bien entendu... et puis... je l'aime bien moi ton chasse-marée, laissons faire le temps, peut-être que devant ton obstination, ton père finira par se lasser. Un seul mot de plus, jeune fille... prudence, discrétion et diplomatie !

— Voici un bien étrange mot qui en fait trois, plaisanta Martine.

Sur ces bons conseils, soulagée de partager son grand secret l'amoureuse regagna sa chambre afin de se recueillir en se laissant bercer par de doux fantasmes empreints de liberté...

XV

Le malheur des uns...

La famille Gerfaut au complet, attablée pour le repas du soir, était lancée dans une grande discussion au sujet des amours de Gabin. Le voyant déjà épouser la jeune minotière les deux parents pesaient le pour et le contre...

On évaluait les chances de réussite de ses projets avec Martine ainsi que les problèmes qui ne manqueraient pas de surgir... On discutait aussi de la façon d'harmoniser au mieux le métier de chasse-marée passant le plus clair de son temps à battre la campagne et celui de femme au foyer, élevant une ribambelle de marmots.

Alors que Guillaume se faisait l'avocat du diable Marie mettait en garde son fils...

On en était là de la conversation quand quelqu'un frappa à la porte.

L'assiette du *chemineau* étant, selon la coutume en bonne place au bout de la table, Guillaume pria celui qu'il croyait être un inconnu d'entrer.

Marie s'apprêtait déjà à offrir à ce passant une écuelle de soupe, (symbole d'hospitalité) quand un visage familier accompagné d'un tonitruant « Bien le bonsoir les Gerfaut ! » apparut dans l'entrebâillement de la porte.

En fait ledit chemineau n'était autre que leur ami Bertrand Dassonval qui pénétra dans la pièce, courbé en deux. Son salut enjoué, cachait mal un certain malaise. Son visage était sombre...

Gabin qui l'avait comme chaque matin, côtoyé pour le chargement du *ballon*, l'avait trouvé en piteux état. Non seulement il était à court de paroles, mais en plus il marchait courbé en avant, les reins pris en étau, par ce qu'il appelait « le mal de la route ».

Depuis plusieurs mois déjà, il se plaignait de ses douleurs dorsales qui le minaient et l'empêchaient d'œuvrer dans de bonnes conditions.

Les infernales chevauchées qui, depuis des années, lui tassaient les vertèbres n'y étaient ans doute pas étrangères...

Et puis il n'était plus tout jeune « le Bertrand », un jour, comme les autres il faudrait qu'il mette un terme à ses marathons effrénés entre port, capitale et vice-versa.

Déjà, dès qu'il fut bien qu'encore enfant, en âge de travailler, il avait appartenu un temps à la corporation des *côtiers*.

Rude activité qui consistait au ramassage, en bord de mer, des galets sphériques portés à dos d'homme que l'on déversait dans un tombereau prévu à cet effet et stationné à proximité.

Ces boulets mélangés à des pigments bruts étaient destinés à réduire ces derniers en fine poudre en les malaxant dans des tonneaux, dans la fabrique de colorants voisine. Ils étaient ensuite utilisés pour la teinture des étoffes.

Il va sans dire que les dos ne résistaient pas très longtemps aux allées et venues des ramasseurs qui, non contents de crouler sous la charge, se tordaient régulièrement les chevilles sur la plage de galets.

L'âge arrivant, les séquelles de cette activité venaient s'ajouter à celles de la route du poisson et le pauvre Bertrand malgré son courage et sa témérité devait se rendre à l'évidence :

L'épopée du hareng était pour lui terminée.

Ce fut pour cette raison que, la mort dans l'âme, il se présentât ce soir-là chez les Gerfaut. À leur grande surprise ils leur annonça sa volonté d'abandonner son métier de chasse-marée et proposa tout bonnement à Gabin... de prendre sa suite !

L'homme avait bien, à deux ou trois reprises et à mot couverts, fait allusion à cette éventualité.

— Mes vieux os sont rompus, disait-il en s'adressant à Gabin, un jour prochain il me faudra trouver un remplaçant...

Notre colporteur le regardait alors en hochant la tête, ne croyant pas une seconde que ce vieux routier de Bertrand pouvait prendre une telle décision.

Il le savait envoûté par son métier.

Comment cet aventurier pourrait-il, un jour, renoncer à braver les intempéries, vaincre canicule, neige et inondations ?

Comment abandonnerait-il ses bagarres avec les bandits de grands chemins dont il était si fier d'en relater les faits, brassant l'air de ses puissants bras perpétuellement dénudés ?

Comment laisser brutalement, les longues nuits hivernales de courses à la lanterne ou celles relativement plus douces d'été au clair de lune.

Il avait appris à reconnaître par les seuls parfums atmosphériques les régions qu'il traversait.

Au départ de la côte, au fur et à mesure qu'il progressait, l'air chargé d'iode, faisait place à d'autres parfums dont celui de la pomme qui fermente, du froment que l'on moud, des sous bois aux effraies qui s'animent, de rosée calmant les grillons ou de cheminées qui consument leurs dernières braises.

À l'approche des grandes villes, où le boulanger s'affairait, c'était l'odeur alléchante de miches chaudes rôtissant dans les fours à pain qui prédominait...

« *À défaut de cartes routières, il ne reste que le flair...* »

Ce brave n'avait ni Dieu ni maître. Il n'avait peur de rien. Il savait vaincre toutes situations délicates, celles de la route comme celles des villes traversées. Il était unique pour jouer des coudes, écarter les empêcheurs de tourner en rond, négocier avec, à la fois fermeté et diplomatie, la vente de ses marées.

Aussi, estimé de tous, de ses concurrents comme de ses clients, mais aussi des autorités et même de la maréchaussée, il jouissait d'une incomparable notoriété.

Heureusement son activité florissante lui avait permis de constituer un joli magot qui le mettrait à l'abri du besoin pour ses vieux jours...

En bon commerçant, il énonça les conditions d'un éventuel accord.

Il laisserait Gabin, Maître du fourgon, des chevaux et du choix des cargaisons de poissonnerie.

Il lui demandait de conserver l'aide précieuse du jeune *voiturin* Gus qui le seconderait et lui indiquerait la marche à suivre pour ses premiers pas dans Paris.

Il s'engageait à lui donner tous renseignements utiles pour son inscription au registre et les démarches à accomplir pour être en règle avec la justice.

Il lui enseignerait les convenances à adopter vis-à-vis des autres chasse-marée ainsi que les pièges de la concurrence qu'il fallait à tout prix éviter si l'on voulait continuer d'exister...

En compensation, il demandait le versement d'un capital de départ et d'une rente établie en pourcentage sur les ventes, payées mensuellement sur présentation des justificatifs visés par les autorités du port.

En outre, chose des plus importantes : il l'entraînerait avant le démarrage effectif des courses folles, à soutenir de longues chevauchées sur la peau de blaireau sans risquer, lors du moindre écart, d'être projeté au sol.

Bertrand lança en riant qu'il était également indispensable « de se tanner la peau des fesses ! »

Avec son franc-parler habituel, il ajouta :

— Pour faire ce métier seul le cul commande. Un cul trop délicat ne fera rien de bon ! Il faut qu'il soit dur et corné pour faire bouclier entre la croupe du cheval et les boyaux du cavalier...

Bien que cette dernière affirmation ne l'impressionnât pas plus que cela, Gabin demanda à Dassonval un délai de réflexion.

Il ne s'attendait pas à une telle proposition. Le chamboulement était de taille.

Il faudrait qu'à son tour, il trouve un successeur pour son activité de colportage et la reprise du précieux attelage.

Ceci, à l'exclusion de Pygargue, dont il n'était pas question qu'il se sépare.

La chienne était sa compagne de route. Ils avaient vécu des moments forts ensemble et s'en séparer ferait, chacun de leur côté, deux malheureux.

Il pensa à sa clientèle habituelle qui ne devait pas souffrir de ce changement.

Tous ces gens l'avaient aidé dans sa tâche, certains étaient devenus ses amis.

C'était grâce à leur confiance et leur fidélité qu'il avait pu débuter dans ce métier et il s'était toujours promis que quoi qu'il arrive, il leur en serait toujours reconnaissant.

Et puis il y avait le cas de Lestrange. Il fallait qu'il conserve les livraisons afin de se tenir informé, par Julie interposée, des petits potins du château...

Il décida que pour ce cas particulier, il ferait une entorse au règlement qui interdisait à tout fourgon à chevaux de livrer en route ou de faire des haltes autres que dans les relais...

Il savait, par ailleurs, qu'il ne serait pas le seul à faire un accroc au règlement.

Ne disait-on pas que certains mareyeurs servaient en douce quelques clients privilégiés...

La nouvelle ne tarda pas à se répandre dans le port.

« Gabin, fils du Gerfaut, prendrait la suite de Dassonval... il chercherait lui-même un remplaçant pour le colportage sur la région... »

Ce fut le célèbre Laplonge, (Justin Bertelhome de son vrai patronyme) *voiturin* de Charles Bandrin qui, le premier, accourut pour voir Gabin.

En accord avec son patron chasse-marée, à qui il avait avoué vouloir un jour voler de ses propres ailes, il avait sauté sur l'occasion.

Gabin fut alors agréablement surpris de la volonté du jeune garçon de prendre sa suite. Il était son ami. Il le savait sérieux et amoureux de la nature et des animaux.

Avec lui, la Mouette et ses frères les Freux seraient dans de bonnes mains.

Il l'accompagnerait dans ses premières tournées pour le présenter à la clientèle.

Ceci, comme il est dit plus haut, à l'exclusion des de Lestranges, « clients particuliers » dont il faisait et pour cause, sa chasse gardée...

Ledit Laplonge ne possédant pas la moindre fortune, il fut convenu que, comme pour Dassonval, une commission sur les ventes serait cette fois attribuée à Gabin en guise de financement de l'attelage et du réseau de clientèle.

Après avoir rediscuté et s'être entendus sur le montant du capital de départ, Gabin donna à Bertrand Dassonval son accord pour la grande aventure...

Entre les interminables heures de chevauchées, le mal aux fesses, les reins en capilotade, les tournées d'apprentissage de Laplonge, les longues explications à ses anciens clients et les formalités à accomplir, Gabin surmené, n'eut pas une minute de repos.

Gus, son nouveau *voiturin* qui lui tint compagnie durant cette période, en profita également pour "se faire le séant", disait-il pompeusement...

Bien que destiné à accomplir les voyages aux côtés de Pygargue sur le dessus du ballon, le jeune garçon pensa qu'il ne serait pas de trop d'ajouter une nouvelle corde à son arc, bien qu'il eût, à cause de son jeune âge, encore beaucoup à apprendre...

« Deuxième corde à un arc ne remplace pas pénurie de flèches ! »

Gabin avait pris tout juste le temps de glisser une lettre dans la cachette murale du château de Lestranges. Il informa Martine du bouleversement dont il était l'objet et lui demanda d'être patiente, que, passé cette période, il lui donnerait plus amples nouvelles...

Ladite période d'apprentissage se composa des tâches ci-après :

1- Aguerrir son postérieur à la peau de blaireau.

2- Laisser son dos faire connaissance avec de nouveaux soubresauts.

3- Se faire accepter, puis dominer en douceur des chevaux, à priori méfiants à son égard.

4- S'éduquer à la conduite de l'attelage et du fourgon.

5- Faire comprendre à Pygargue qu'une nouvelle vie s'imposait à elle.

6- Se familiariser avec son nouvel emploi du temps.

Ces quelques jours de préparation sous l'autorité du maître Dassonval, qui ne laissa rien passer, furent le théâtre d'une suite de leçons pour le moins animées, peuplées de jurons, de vociférations en tout genre et d'interminables répétitions.

On ne conta plus les roues dans le fossé, les embrassades forcées du fourgon contre arbres et murailles, les glissades de croupes provoquant chutes de cheval et cabrioles spectaculaires.

On vit même les deux chevaux de têtes emballés sauter une barrière...

Tout cela se traduisait par des remontrances hautes en couleurs de la part de du Maître Dassonval et par des bleus et bosses dus aux chocs sur tout le corps du nouveau conducteur et de son *voiturin* qui était, lui aussi, à bonne école...

Pourtant les rudes expériences portant leurs fruits, enfin l'attelage se fit plus calme, les manœuvres plus précises et la maîtrise de l'ensemble, parfaitement assurée...

Au terme de ce régime infernal, notre chasse-marée, corps meurtri mais armé d'un courage à toute épreuve se sentit enfin prêt pour affronter, en compagnie de Gus et de Pygargue, le chemin de la Capitale...

XVI

La route du poisson.

Gabin avait omis un détail, il lui serait impossible de s'arrêter chez de Lestrange. Faire la route, seul, comme il l'avait faite jusqu'alors localement était à exclure.

Bertrand Dassonval, lorsque Gabin l'informa contre sa discrétion, de sa décision de ne pas exclure de sa clientèle la famille de minotiers, ce dernier lui déconseilla vivement.

— Tu n'y penses pas, jeune écervelé ! tu devras te joindre au convoi des autres et n'en point sortir, sous peine d'y laisser vie et cargaison. Certains endroits éloignés sont de vrais traquenards à brigands et même en nombre, les chasse-marée y laissent parfois quelques plumes pour ne pas dire « *quelqu'écailles* ». Et, poursuivit-il, si un chemin gâté par le gros temps t'embourbe roues aux essieux et chevaux jusqu'aux mors, qui viendra te secourir ? Un attelage à bidets n'est pas une charrette pour pucelles, ce sera seulement avec l'aide des autres convoyeurs, que tu pourras te sortir de tels mauvais pas.

Gabin, sachant que les conseils de ce vieux bourlingueur n'étaient pas à prendre à la légère, se le tint pour dit.

Il verrait à s'entendre avec Laplonge. Il savait que ce dernier était tout dévoué à sa cause et qu'il ferait en sorte de lui rapporter toutes informations concernant le château. Julie avait bien accepté le jeune garçon. Il convient de souligner que ce qui venait de Gabin était pour elle parole d'évangile...

Il restait à régler le problème de correspondance directe avec Martine.

La maison était à deux heures de marche de Cayeux et le nouvel emploi du temps de notre chasse-marée ne lui laissait rien de trop...

Le matin du premier départ pour la Capitale, alors que l'on préparait un convoi de cinq attelages dont il faisait partie, une idée lui vint à l'esprit. Il faudrait à son retour, qu'il parle à Bertrand...

De toutes les façons, il lui semblait d'usage de se rendre auprès de son vieil associé afin de l'informer du déroulement de son premier périple...

Ce fut dans un concert de Hue ! Dia ! et autres ordres à l'encontre des chevaux que les cinq fourgons de marée s'ébranlèrent dans le jour naissant.

Charles Bandrin marchait en tête, suivit de Fabert.

Gabin et Gus, en tant que nouveaux venus, avaient pris place au centre du charroi.

Sauvaget et Delage (dit Claudius), fermaient la marche.

Le temps n'étant pas à la pluie, on pouvait s'attendre à gagner Paris en un jour et une nuit, relais compris et en excluant tout ralentissement imprévu...

La matinée était fraîche.

Le vent fouettait les visages. Des nuages de vapeur fusaient des naseaux des chevaux, qui lancés au galop avalaient la route en grand vacarme.

Gabin se sentait dans son élément. L'œil fixé sur la croupe de ses bidets, il en admirait la puissance.

Si ça n'avait été le claquement des sabots frappant le sol, on aurait pu penser que ces boules de muscles le survolait.

Au passage des villages c'était maintenant sur lui que se portaient les regards des gens. Par prudence, on se plaçait précipitamment en retrait sur les bas-côtés pour laisser passer le convoi.

Les mères attrapaient avec vigueur leurs enfants insouciants lesquels, toujours hypnotisés par ce spectacle pourtant souvent renouvelé, ne réalisaient pas le danger.

La sienne de mère aussi, jadis...

Quant à lui, depuis qu'il était gamin les chasse-marée avaient toujours fait son admiration.

Maintenant, c'était son tour.

Il était fier, Gabin !

Ces aventuriers du poisson qui sillonnaient la France et qui, à chaque retour au port, outre quelques passagers autorisés qui prenaient place sur le fourgon vide et la mallette de courrier postal dont ils se voyaient confié la charge, avaient à offrir dans leur besace d'impressionnantes odyssées.

Elles relataient les prouesses dont ils avaient été l'objet durant le dernier parcours.

En effet, il était rare qu'un aller-retour à la Capital ne se passe sans un accroc...

Il pensait à Martine. Elle aussi serait fière de lui. Il lui raconterait...

On attaquait maintenant une portion de chemin défoncé.

D'un geste du bras, Claudius prévint les autres.

Il convenait de freiner les chevaux pour passer ce mauvais pas. Un fourgon pouvait déséquilibrer par la charge, basculer dans le fossé, ou briser un essieu en entraînant hommes et chargement dans sa chute.

Les bêtes marquèrent le pas.

Les ballons brinqueballés risquaient à tout moment de rompre leurs sangles.

Gus, comme les autres *voiturins*, se cramponna aux bâches.

Pygargue quant à elle préféra sauter de ce véhicule décidément trop instable et prit l'initiative d'encourager les chevaux en aboyant autour d'eux.

Bientôt rejointe par les autres chiens accompagnateurs, la meute en profita pour se dégourdir les pattes...

Durant plus de deux heures, il fallut en jurant, jouer avec trous, bosses et profondes ornières avant de regagner enfin une longue portion de route mieux entretenue...

Le soleil tourna, la journée s'avançait...

On avait relayé trois fois et parcouru presque à moitié la route de Paris.

Si la nuit se passait sans entrave, on serait à destination avant la cloche de Saint Magloire autorisant le passage de la Porte Poissonnière donnant sur la rue du même nom.

Gus avait rappelé à Gabin qu'il n'était pas bon de se précipiter trop tôt chez les marchands. Les faire patienter à quelques lieues de là permettait de faire grimper le prix du poisson, denrée indispensable à l'approvisionnement des villageois...

Ce fut une lieue après Beauvais que le convoi, sous les cris de Bandrin, s'arrêta net.

La nuit était sans lune, seules les lueurs blafardes des lanternes éclairaient tant bien que mal le chemin.

Les chevaux de l'attelage de tête faillirent s'entraver dans un arbre couché à terre et qui barrait la route.

On fit taire les chiens, on tendit l'oreille...

Sauvaget inspecta, à l'aide de son falot, la base du tronc. L'arbre avait été abattu volontairement dans le but vraisemblable de stopper un chasse-marée solitaire.

Des brigands devaient être terrés dans la forêt et observer de loin la situation.

Il y avait pourtant peu de chance que le long convoi soit attaqué car entre les dix hommes et les cinq chiens les accompagnant les bandits de grands chemins ne tenteraient pas de s'y mesurer. Ils préféraient fondre sur des proies plus faciles...

Les chiens qui avaient flairé une présence dans le bois tiraient sur les colliers.

Sur la décision de Bandrin, on lâcha la meute. Les cinq molosses dont pygargue, qui n'attendait que cela, s'élancèrent dans la nuit. Aussitôt on perçut des cris et des bruits de fers qui s'entrechoquaient. Les chiens hurlaient de rage.

— Il ne fait pas bon pour les mollets, là-bas, cria Gabin.

— Allons dégager le chemin, dit Charles, ces fils de chienne nous ont assez fait perdre notre temps.

Aussitôt les dix paires de bras s'employèrent à faire pivoter non sans mal sur le bas-côté, le barrage végétal.

La voie fut à nouveau libre.

Au bruit du convoi qui s'ébranlait, les chiens abandonnèrent le bois pour regagner ventre à terre leurs maîtres respectifs.

Les premières brumes de l'aube glacèrent les visages. On resserra les cols, on réajusta les bonnets pour cacher les oreilles. On éteignit les lanternes.

On avait lancé les chevaux au maximum de leurs possibilités au risque de voir l'un d'entre eux crouler d'épuisement, comme cela arrivait parfois.

Les crinières flottaient au vent telles des oriflammes dans la tourmente.

Des gerbes d'écumes qui s'échappaient régulièrement des babines venaient s'écraser sur les bâches des *ballons* et sur les vestons de drap huilés.

Le temps n'était pas à la délicatesse, il fallait arriver au but coûte que coûte et ne pas rater outre mesure Saint-Magloire...

La cloche avait retenti depuis une bonne heure quand le charroi de Cayeux arriva en vue de la Capitale.

Les chevaux harassés soufflaient sur les mors.

La Porte des Poissonniers franchie, le convoi stoppa rue Poissonnière ou l'attendaient impatients les *esgards*, contrôleurs de la qualité des marchandises, et les *grossiers* qui en fixaient le prix.

Après ces formalités incontournables, on commença à décharger les fourgons.

Gabin, le petit nouveau, fut rapidement repéré par une autre catégorie de spécialistes qui commencèrent à tourner autour du *ballon*.

Dassonval et Gus lui avaient parlé des *poissardes*, ces maîtresses femmes sans foi ni loi qui chapardaient en douce le poisson pour le revendre à la sauvette.

Il y avait la Matoune, grosse matrone connue pour sa ruse et qui, faisant mine en secouant sa bourse de vouloir payer ce qu'elle prenait, disparaissait en "oubliant" régulièrement de régler la note.

Les deux complices Badieule et Lapeste, quant à elles, ne s'embarrassaient pas de formules de politesse.

Elles volaient par la force tout ce qu'elles pouvaient attraper en n'hésitant pas à faire jouer becs et ongles...

Ces deux harpies qui n'étaient pas plus hautes qu'un poney au garrot, dégageaient, outre leur puanteur, une combativité qui venait à bout des hommes les plus forts.

Elles savaient se battre et porter, si on n'y prenait garde des coups "bien placés", mettant hors de combat leur adversaire. Profitant de leur avantage momentané, elles remplissaient alors leurs tabliers de poissonnerie.

Puis en proférant insultes et quolibets, elles disparaissaient comme des éclairs pour aller revendre leur marchandise en toute irrégularité dans des conditions d'hygiène plus que discutables.

Prises sur le fait elles dénonçaient outrageusement les chasse-marée, accusés alors de faire commerce de poissons non digne
« *d'entrer en personne humaine...* »

En l'absence de Gabin occupé avec les autorités, Gus qui n'en était pas à sa première aventure avec ces « femmes tristement célèbres » faisant tournoyer son bâton, réussit après une lutte acharnée à chasser les mégères à grands coups de pieds en y laissant tout de même quelques harengs...

Après un copieux repas collectif, fait de sardines salées coupées au couteau sur la tartine et de quelques crevettes cuites la veille, le convoi reprit la route.

Quatre passagers, désireux de se rendre à Neuville et Beauvais, avaient pris place contre quelques sols, sur les fourgons.

Bandrin, selon son habitude, récolta une grosse et belle fille désireuse de faire un brin de bagatelle pour le Dimanche.

Ce dernier, veuf depuis des années, ne se privait pas d'agrémenter ainsi son seul jour de repos...

Le retour sans chargement, était pourtant aussi risqué.

Si le poisson avait disparu des charrettes, les bandits n'étaient pas sans savoir qu'il avait été remplacé par des écus sonnants et trébuchants...

Durant le chemin vers la côte, il fallait sans cesse se tenir aux aguets.

Cette fois les chevaux tractant moins de charge, parvenaient à trotter dans les montées et cavalaient allègrement dans les descentes.

À chaque relais fréquenté lors de l'aller, on récupérait les bêtes reposées...

On serait à Cayeux pour l'aube du Dimanche.

Gabin profita de ce jour de repos pour se rendre chez Dassonval.

Après lui avoir fait avec enthousiasme, le récit de ce premier voyage inaugural, il mit à exécution, d'un ton plus emprunté, une demande qu'il avait longuement réfléchie pendant les trajets.

Bertrand avait vu naître Gabin. Il avait été convié au baptême et au festin qui avait suivi.

Combien de fois lui avait-il fait chevaucher ses genoux à la manière du chasse-marée qu'il était en chantant « *À dada sur mon bidet, quand il trotte, il fait des pets...* », en appuyant consciencieusement et à dessein sur le dernier mot pour faire rire le gamin ?

Aussi, notre jeune mareyeur savait qu'il pouvait mettre son vieil ami dans la confidence...

Il lui expliqua son attachement pour la petite minotière, la complicité des domestiques et des Bairier, le stratagème pour le premier message ainsi que l'astuce de la fissure murale...

— Tout cela est bien, garçon, dit Guillaume, mais que veux-tu de moi ?

— Ce que je souhaitais te demander c'est que... j'aurais bien besoin de Prunelle ta jument de temps en temps, pour me rendre au château... pour ce que tu sais... à pied il me faut deux bonnes heures et autant pour le retour...

Guillaume possédait une belle jument de race légère qu'il attelait fièrement à une petite charrette et dont il se servait pour circuler dans le port. Jadis il la montait à cru et partait, pour un moment de détente, le Dimanche, galoper dans la campagne.Il avait malheureusement été contraint de renoncer à ce grand plaisir et pour cause...

La ruse dans le regard il répondit à Gabin :

— Ce n'est pas à moi qu'il faut demander cela, chasse-marée, c'est à elle. Si elle est d'avis, je le suis aussi.

C'était gagné ! Gabin se retint pour ne pas, comme autrefois, sauter sur les genoux de son ami...

« *D'un cran l'âge avance, de deux reculent les cajoleries...* »

XVII

Au château.

Laplonge avait fait son rapport...

Au château, d'après Julie, la situation ne faisait qu'empirer pour Martine.

« Ce grand dadais d'Armand » comme disait Julie, était toujours fourré dans le bureau du père à comploter. (Quand ça n'était pas à la minoterie où il se rendait fréquemment pour faire de même).

Aveuglé par son amour pour la jeune fille, il ne se rendait même pas compte de l'indifférence pourtant très affichée de cette dernière.

Il la couvrait de roses qu'elle laissait moisir jusqu'au pistil dans des pots à graisse.

Toujours selon Julie, le dadais arrivait avec « ses habits trop neufs, son chapeau claque calé sur ses "Saint-Jacques", ses escarpins vernis de pisse-froid et son foulard enserrant un cou de coquelet prétentieux ».

Elle ajoutait :

— Cet homme-là, si du moins c'en est un, a appris la politesse chez les ânes. Il ne sait saluer que ceux qui ont à son encontre un intérêt pécuniaire. Celui qui est sans le sou, peut bien attendre ses courbettes. C'est à croire que son dos cache un manche de pioche... Il préfère sans aucun doute son cheval à sa mère et l'on voudrait faire de cet épouvantail à sansonnets l'époux de notre Martine qui subirait le même sort que la maman de Covell, il ferait beau voir !..

Pourtant ladite Martine était constamment sous le feu des questions de ses parents qui la pressaient de prendre une décision... « de bon sens », disaient-ils.

Elle avait hâte d'avoir des nouvelles de Gabin. Chaque jour elle se glissait dans le bois et d'un air détaché surveillait la "boîte à lettres".

Gabin, de son côté, après avoir obtenu l'accord de Prunelle la jument et de son vieil ami Bertrand s'empressa de se précipiter au château pour y déposer une longue lettre expliquant sa nouvelle situation. Il relata son premier voyage à la Capitale et informa la jeune fille qu'il pouvait maintenant se rendre rapidement près d'elle à l'aide de sa piaffante nouvelle monture.

Elle avait fière allure, la Prunelle.

Queue à l'horizontale, elle avait galopé telle une gazelle jusqu'au château.

Contrairement aux chevaux de trait, Gabin avait ressenti toute la souplesse et la finesse de sa monture.

Dorénavant, il pouvait rivaliser avec le "grand dadais".

Lui aussi avait senti sous lui vibrer toute la vigueur noble de son pur-sang d'adoption.

Arrivé sur place, il découvrit une enveloppe qu'il remplaça par la sienne.

Martine lui disait qu'elle n'avait qu'un rêve : le revoir...

Elle proposait de tenter un rendez-vous secret, à l'heure où la hulotte sort de son trou et lorsque le château serait endormi.

Si cette idée avait son approbation, ce qu'elle ne doutait pas, elle lui demandait de lui indiquer le jour, ou plutôt la nuit, et l'heure précise qui lui conviendraient.

Mais comment donc ! bien sûr qu'il trouverait un moment, notre chasse-marée. Lui aussi n'avait que cette idée en tête : revoir sa belle en chair et en os, mais surtout en chair, avec sa jolie robe de dentelle et son parfum de jeune filles en fleur...

La nuit était encore noire quand Gabin repartit, toujours en convoi, pour un nouveau voyage. Il s'était promis, dès son retour, de trouver un court moment pour fixer la date et l'heure du rendez-vous clandestin.

Les voyages se succédaient souvent sans relâche et il lui faudrait à nouveau prendre sur son sommeil pour rencontrer Martine. Mais qu'importait, revoir sa belle valait bien une sieste...

Sous une pluie battante, le charroi peinait à avancer.

La dernière nuit fut effroyable...

Parfois le chemin disparaissait sous les eaux. Les chevaux s'enfonçaient dans la boue, renâclaient, reculaient, repartaient en ne disposant que de leur instinct pour guide.

Il fallut presque un jour supplémentaire pour effectuer la route.

Les paupières se firent lourdes. Les conducteurs parfois vaincus par le sommeil glissèrent à plusieurs reprises sur les peaux de blaireau. Ils se rattrapèrent de justesse avant de passer sous les roues...

Gabin ne fut pas exempt. Par deux fois, il tapa de la tête sur le cheval d'à côté, se rattrapant d'un coup de reins.

La nuit avançait plus vite que les charrettes...

De temps à autre les hommes s'interpellaient afin de se tenir éveillés et de maintenir leur moral. On tentait de plaisanter :

— Courage chasse-marée ! La Capitale vient à nous ! Ouvrons l'œil pour ne pas taper dans la porte !

Seules les haltes aux relais apportaient aux voyageurs un peu de chaleur, mais ce n'était que de courte durée. Il fallait repartir au plus vite afin de ne pas rajouter au temps perdu à combattre les éléments...

Martine, prévoyante, sous prétexte d'aller constituer des fagots pour la cheminée, se rendit au bois.

Sous la "boîte à lettre", elle disposa un tas de brindilles qui servirait de siège pour le rendez-vous. Ainsi lorsque Gabin viendrait ils pourraient ensemble s'asseoir confortablement...

« *Le mieux n'est pas toujours l'ennemi du bien...* »

Connaissant le goût prononcé de la jeune fille pour les travaux extérieurs, personne ne trouva à redire. Ce fût donc en toute quiétude que cette dernière ramassa, cassa et entassa à sa manière le fagot destiné à tout autre chose que l'âtre du foyer...

En outre et afin de noyer le poisson, elle se mit en demeure de faire d'autres tas disparates placés ça et là...

Enfin elle prit grand soin à ramasser toutes brindilles sèches qui, placées sur le chemin d'accès auraient pu, le moment venu, craquer sous ses pas.

Au terme de sa tâche longuement réfléchie, elle cueillit quelques mûres et les dégusta assise sur le siège improvisé.

Elle rêvait déjà du moment où Gabin la rejoindrait pour se délecter en sa compagnie d'un instant de pur bonheur...

Afin qu'au grand soir, si par mégarde un bruit de pas ne précipite Jean au-dehors mousquet à la main pour chasser ce qu'il prendrait pour un intrus, Martine le tint, par Julie interposée, informé du projet de rendez-vous.

La domestique quelque peu affolée par la nouvelle initiative de sa protégée lui conseilla de redoubler de prudence. Si ce stratagème arrivait aux oreilles de Gabriel, le scandale familial serait redoutable...

« *Fille en révolte, couvent elle récolte...* »

Les fourgons vidés de leur marée, de retour, firent leur entrée au port sur le coup de quatre heures du matin.

Aussitôt Gabin se précipita chez ses parents où il griffonna à la va-vite un message à l'attention de Martine lui indiquant sa venue possible pour la nuit suivante à minuit.

— Tu n'es pas arrivé que déjà tu repars, lança Marie tirée de son sommeil par le remue-ménage quelque peu bruyant de son fils.

— C'est que j'ai encore à faire, je serai vite de retour.

Guillaume, quant à lui, trop occupé à ronfler et inconsciemment habitué aux allées et venues de son fils, ne broncha pas...

Bertrand avait donné à Gabin carte blanche pour Prunelle la jument. Ce dernier pouvait disposer d'elle de jour comme de nuit selon ses besoins.

En silence, il sortit la brave bête de son écurie. Tirée de ses rêves de jument heureuse, Prunelle renâcla un peu...

Un croissant de lune suffit à l'œil exercé de Gabin pour faire, au galop, le chemin qui le séparait de la Jacquaire.

Il attacha sa monture à un tronc de bouleau, à l'orée du bois qui bordait la propriété. En grand silence, il gagna le mur d'enceinte et déposa son message à l'endroit habituel.

Chaque jour depuis quelque temps, Martine, dès son petit-déjeuner avalé, avait pris pour habitude « d'aller prendre l'air » disait-elle.

En fait elle s'en allait, prenant un air nonchalant, une fois par la droite, une autre fois par la gauche, faire la levée du courrier au fond du bois.

Lorsque la « boîte à lettre » était vide et qu'elle revenait bredouille, elle s'enfermait dans sa chambre le moral au plus bas, ce qui faisait dire à Gabriel, loin de connaître la véritable raison de ces sautes d'humeurs:

— Mademoiselle Martine s'entête à gober du grand air, cela ne semble pourtant pas très bien lui réussir. Un jour, elle va nous attraper un point aux poumons...

Le matin qui suivit la venue nocturne de Gabin, Martine revint en chantonnant et tournant sur elle-même telle une toupie. Cette démonstration de joie n'échappa pas au majordome qui s'en étonna.

— Voyez vous cela ! L'air serait-il plus doux qu'à l'habitude ce matin ?

Martine prit alors conscience que ce fouineur de Gabriel ne laissait passer aucun détail et qu'il serait bon à l'avenir de cacher un peu plus ses sentiments.

Cet espion fureteur serait bien capable de porter à son oreille la puce responsable d'énormes cloques qui le faisait sans cesse se gratouiller le derrière.

Ce fut donc d'un air mi-figue, mi-raisin qu'elle passa le reste de la journée dans l'attente du rendez-vous.

Julie, tenue au courant, n'osait plus ouvrir la bouche de peur, par mégarde, de vendre la mèche.

Quant à Jean, occupé au ramassage des feuilles et qui vraisemblablement possédait une voie rapide entre les deux oreilles, il avait déjà oublié...

En bas, dans la salle à manger, la Normande, sortant de son tic-tac lancinant lança ses douze coups Westminster.

Pour Martine, la coutume n'était pas de compter les douze percussions de minuit. Habituellement, à cette heure tardive elle goûtait, enfouie sous les draps de lin, au doux plaisir d'un profond sommeil de bébé.

Cette fois ce ne fut pas le cas. Les yeux, grands ouverts dans le noir, elle comptabilisa tous les coups du carillon sans oublier un demi-ton. Les quarts, les demis, les heures, pas un son n'échappa à son attention...

Au premier gong de minuit, elle sauta de son lit. Elle enfila ses feutres son fichu de laine, fit « chut » à Flocon étonné et dévala en silence le grand escalier qui menait au rez-de-chaussée.

La veille en douce, elle avait graissé au saindoux la serrure de la porte afin qu'elle ne grince.

Plus rapidement que son ombre, elle se retrouva à l'extérieur.

Elle longea sur la pointe des pieds le mur de façade, passa avec une extrême prudence devant la chambre de Gabriel puis la loge de Julie et Jean...

À peine avait-elle dépassé cette dernière fenêtre qu'un éclat de voix se fit entendre chez les domestiques.

— Sacrebleu ! vociférait Jean, j'entends un rôdeur, attends un peu...

Puis ce fut la voix étouffée de Julie qui le retint.

— Mais bougre d'étourdi, poses-moi ce mousquet, je t'avais pourtant bien dit...

Martine pétrifiée, s'était arrêtée paralysée d'angoisse.

Le calme revint. La hulotte lui "chuinta" la bienvenue dans le monde de la nuit.

Un dernier croissant de lune, masqué régulièrement par des nuages moutonneux poussés par une brise de mer, plaquait au sol les ombres menaçantes des arbres et bâtiments.

Elle traversa la grande allée. Le gravier crissait sous ses pas. Souvent elle se retournait redoutant d'apercevoir une silhouette ennemie.

Enfin le sous-bois lui offrit sa protection.

Le cœur battant, elle s'approcha du mur et du fagot.

L'endroit semblait désert. Elle se sentit seule et abandonnée. À voix basse elle appela :

— Gabin ! es-tu là ?

Elle prêta l'oreille mais n'eut pas longtemps à attendre.

La tête du bien-aimé apparut sur le haut du mur de pierres.

— Je suis là Martine, rassures-toi. J'ai préféré rester de ce côté-ci du mur afin de surveiller l'endroit sans être vu.

La jeune fille complètement rassurée, vit Gabin enfourcher la muraille et sauter d'un juste élan de son côté.

Ils restèrent un moment face à face, ne sachant que dire...

Martine se dirigea vers le siège de fagot. Elle expliqua banalement :

— J'ai préparé ce siège improvisé pour... pour nous asseoir...

Puis elle sentit les mains de Gabin lui enserrer la taille. Les mots devinrent inutiles. Elle se fit toute frêle et disparut sous l'aile tiède et protectrice du "Gerfaut"...

Un bruissement léger se fit entendre dans les fourrés. Un bruit de pas feutrés d'animal trottinant s'approchait dans leur direction. Les deux amoureux aperçurent alors dans la nuit les yeux fluorescents de Flocon qui avec un timide miaulement venait s'enquérir de l'attitude étrange et inhabituelle de sa maîtresse.

L'indiscret se frotta en ronronnant bruyamment contre les jambes du couple, puis sauta en ronronnant sur leurs genoux.

« Quand il y en a pour deux... »

XVIII

Le traquenard.

Armand de Covel avait pour habitude de fréquenter un cercle constitué de fils de bourgeois aussi désœuvrés que superficiels.

On jouait aux cartes, aux fléchettes, et autres jeux de dés ou de nain jaune, tous destinés, en premier lieu, à se mesurer en pariant des sommes rondelettes.

Bref ! chacun prenait plaisir à dilapider ainsi sans compter sa fortune, ou plus exactement celle de ses parents...

Tout aurait été d'une grande banalité pour cette troupe de joyeux drilles si les parties n'étaient systématiquement sujettes à arrosages pour gains et pertes sans distinction.

Tout ce qui existait comme boissons alcoolisées, était bon pour alimenter sans retenue les gosiers chroniquement assoiffés.

Les soirées se terminaient tard dans la nuit en déambulations dans les faubourgs en quête de quelques mendiants à tabasser.

C'était ainsi que la marée chaussée, qui arrivait toujours après la bataille, n'avait plus qu'à ramasser les pauvres malheureux souvent laissés pour morts par leurs assaillants.

Certains rescapés apportaient pourtant leurs témoignages et décrivaient avec précision l'aspect physique et vestimentaire de leurs agresseurs, mais que valaient, aux yeux des autorités, la parole de ces miséreux ?

De plus, même si quelques soupçons se portaient parfois sur le cercle de fils de bonnes familles, redoutant le scandale, on préférait étouffer les affaires et laisser ces « braves jeunes gens » continuer leurs méfaits...

« On ne fait pas de jeunesse sans casser du gueux ! »

Le grand dadais comme l'appelait Julie, n'était donc pas si recommandable que cela.

Bien entendu, le lascar se gardait bien de raconter ses folles nuits d'ivresse aux parents de Lestrange et encore moins d'en effleurer le sujet devant Martine, même si celle-ci n'avait que faire de son superficiel discours.

En outre, Amiens, ville où son père tenait une étude de notaire, était loin et les échos pour ce genre de forfaits ne dépassaient pas les portes de la ville.

Plusieurs mois passèrent.

À intervalles réguliers, Gabin allait retrouver Martine. Les deux jeunes ne pouvaient plus se passer l'un de l'autre. Ils échafaudaient ensemble de fous projets d'avenir et surtout ils réfléchissaient à la manière de s'unir pour la vie malgré le scandale familial que ne manquerait pas de procurer l'annonce de leur liaison.

Lors de leurs rendez-vous nocturnes, Martine s'agrippant de toute la force de son amour à Gabin assurait même qu'elle était prête à s'enfuir avec lui, laissant derrière elle ses parents et surtout son intraitable père.

Gabin, devenu comme on le sait, chasse-marée de la capitale à la tête d'un bel attelage et gagnant plus que confortablement son pain, (si toutefois on fait abstraction des jours et surtout des nuits passés à s'épuiser sur les chemins des poissonniers), avait-il fait quelque jaloux ? Nul n'aurait pu le dire.

Quoi qu'il en soit ses allées et venues au château, pour d'obscures raisons, furent sans doute remarquées par quelqu'un qui ne lui voulait pas que du bien...

On rapporta aux oreilles du dadais, lesquelles étant donné leurs tailles n'eurent aucune peine à recevoir le message, que notre dit chasse-marée tournait autour de la propriété de Lestrange...

On l'avait vu partir à plusieurs reprises au grand galop sur la jument de Dassonval en direction de la Jacquaire...

Armand, incapable de réfléchir aux conséquences, eut pour première idée, d'aller bêtement tout raconter au minotier.

Ses camarades de bamboche l'en dissuadèrent.

— Si tu veux définitivement être rayé aux yeux de ta promise n'hésite pas une seconde, lui dit l'un.

— Il serait beaucoup plus amusant de corriger comme il le mérite ce poissonnier afin de lui passer l'envie de s'approcher trop près du château...

— Formidable idée, dit un troisième, il suffirait de lui tendre un piège en masquant nos visages et de lui faire comprendre qu'il n'a rien à espérer concernant ta minotière. En faisant mine de brandir un bâton, il ajouta : une bonne correction sera le meilleur remède.

— Vous avez raison mes amis, et bien malin celui qui pourra prouver que nous sommes les auteurs du traquenard, acquiesça Armand.

Plusieurs jours durant, à la manière des brigands, les sept conspirateurs se postèrent dans un bois d'où ils pouvaient observer les allées et venues des passants entre Cayeux et le château de Lestrange.

Gabin, un soir, après qu'il fut rentré de Paris, décida d'aller porter une lettre pour Martine. Il désirait lui fixer un nouveau rendez-vous à la belle étoile.

Comme les fois précédentes, il accrocha Prunelle au bouleau habituel puis il se dirigea à pas de loup vers le mur. S'étant assuré que tout était calme, il y déposa le pli.

Au retour, alors qu'il s'approchait de la jument, il entendit celle-ci trépigner de nervosité. Il pensa à quelques chevreuils ou sangliers qui entamaient leur quête de nourriture nocturne.

Soudain, sortant des fourrés, il se vit cerné par six ou sept silhouettes menaçantes armées de gourdins. Il pensa à des bandits qui, en embuscade voulaient le détrousser.

— Passez votre chemin, lança-t-il, je n'ai pas un sol sur moi...

Sans répondre le groupe d'hommes fondit sur lui et le bastonnèrent sans ménagement.

Non armé, il tenta pourtant d'échapper à ce lynchage. N'étant pas en mesure de le faire, oubliant les coups, il fondit sur le premier voyou à sa portée et d'un coup sec lui attrapa un bras. Dans un craquement caractéristique, le membre malmené fit un tour complet. L'épaule mise à rude épreuve ne résista pas à ce traitement et l'homme s'enfuit en titubant de douleur.

Les autres continuèrent à taper sans relâche. Gabin, le visage et les mains ensanglantés, après un coup sur la nuque, tomba à terre et perdit connaissance...

La nuit était déjà bien avancée quand il revint à lui.

Encore sonné il rassembla ses souvenirs. Un de ses agresseurs un peu en retrait, durant la bagarre, avait lancé :

— Pouilleux de poissonnier ! La minotière n'est pas pour toi !

Aucun doute, ceux-là n'en voulaient pas à son argent, mais ils avaient cherché à le dissuader de fréquenter Martine.

La signature était indéniable, cela ne pouvait venir que de ce bourgeois prétentieux de Covel...

Un hennissement de Prunelle qui s'impatientait l'invita à se relever.

Son corps n'était que douleur, sa tête un tambour et son cœur en rage...

Heureusement, les vauriens avaient négligé la jument.

Il devait reprendre la route au petit matin. Il n'avait pas de temps à perdre, la marée n'attendait pas.

Tant bien que mal, après avoir ramené Prunelle à l'écurie et l'avoir récompensée de son aide par une belle balle d'avoine, il gagna le port.

Gus l'attendait déjà. Les bateaux n'allaient pas tarder à livrer la marée. On préparait les fourgons...

Quand le *voiturin* aperçut Gabin, son sourire habituel se figea.

— Que t'est-il arrivé pour être dans un tel état ? lui demanda-t-il.

— Quelques égratignures, rien de plus, répondit Gabin. Il ajouta : Certains, qui ignorent ce qu'est un Gerfaut ont quelques soucis à se faire...

La solidarité des chasse-marée n'avait rien de légendaire. Le groupe qu'il formait avec Gus, Bandrin, Sauvaget, Laplonge et les autres, étaient étroitement soudés.

En chemin, alors que le groupe marquait une pause pour se restaurer avant de reprendre la route, Gabin, pressé de questions sur les raisons de ses plaies et bosses, se sentit dans l'obligation d'avouer sa liaison avec Martine à ses amis de route.

Il leur demanda de ne pas ébruiter la nouvelle au risque de créer des ennuis avant l'heure, à l'élue de son cœur.

Bandrin avec son fougueux caractère proposa sans détour de préparer une expédition punitive contre « ces bourgeois voyous » afin de leur faire comprendre que l'on ne s'attaque pas impunément à un chasse-marée !

— Ils t'ont fait goûter du bâton, on va leur faire avaler le leur par les deux bouts à ces tristes sires, dit-il.

— J'en suis ! lança Fabert qui traînait derrière lui une réputation de redresseur de torts.

En effet, ce grand gaillard ne ratait jamais une occasion d'en découdre avec ceux qui lui cherchaient des poux, sur sa tête, ou sur celles des autres. Il n'en était pas à son premier brigand estourbi sur la route... Son visage aux trois cicatrices, témoignant de ses altercations passées, rappelait à des agresseurs éventuels qu'il était raisonnable de lui témoigner un certain respect et de se tenir à bonne distance...

Le reste des hommes constituant la troupe acquiescèrent en chœur... du bonnet de chasse-marée.

Tous ces garçons qui avaient acquis bonne dose de rudesse avant l'âge étaient rompus aux épreuves de la route. La bagarre faisait partie intégrante de leur existence, qu'elle soit contre les éléments, ou contre les bandits de grands chemins.

Donner une correction à des fils de bourgeois élevés dans la soie, n'était pour eux que simple formalité...

Imaginant que les voyous d'Amiens ne se risqueraient pas à renouveler leur dernier méfait, Gabin se rendit comme prévu au rendez-vous.

Il tint Martine au courant du guet-apens dont il avait été victime et du projet collectif de rendre aux Amiénois la monnaie de leur pièce.

N'ayant aucun doute sur la victoire des chasse-marée sur « de Covel et sa clique de bons à rien », Martine se montra enthousiaste.

— Une bonne volée de bois vert fera le plus grand bien à ce prétentieux de Coulemelle, comme l'appelle Julie et si seulement un bon coup sur le crâne le rendait amnésique et qu'il m'oublie, ce serait là le plus beau cadeau que tu puisses m'offrir...

Gabin, capable de tout pour sa belle, promit de faire son possible...

« *Estourbir un prétendant détesté vaut mieux qu'un bouquet de roses...* »

L'affaire n'était pas aussi aisée qu'il y paraissait.

Il convenait de mener une enquête discrète sur les habitudes des cibles visées.

Amiens n'était pas la porte à côté. On ne pouvait envisager de passer des heures à se rendre dans la ville et à espionner les allées et venues des voyous.

Pourtant il était indispensable de savoir quand et à quel endroit ils se réunissaient. Ou encore, dans quelle ruelle il serait possible, en suivant leur exemple, de tendre un traquenard à coup sûr.

Ce fut Bertrand Dassonval qui se proposa pour se rendre à Amiens à l'aide de son cabriolet attelé de Prunelle.

Vivant de ses rentes, il déclara avoir tout le temps nécessaire pour mener l'enquête.

Il avait eu l'idée d'aller interroger les mendiants des faubourgs d'Amiens.

Ces derniers excédés par les exactions dont ils étaient victimes ne manqueraient pas de lui donner quelques renseignements utiles sur les descentes punitives du groupe de malandrins.

Il se ferait passer pour un enquêteur décidé à mettre un terme aux bastonnades régulières restées jusqu'alors impunies.

De cette façon, il espérait rallier à sa cause les pauvres malheureux victimes de coups et blessures.

Il prit la route de bon matin. Son dos, toujours fragile, calé entre banquette et dossier, il lança la jument au trot. Il se proposa de s'arrêter passer une nuit chez son ami Fauquenelle, *le bouillon,* que Gabin approvisionnait par le passé.

Ce dernier, tout heureux de l'accueillir, lui rappela leurs vieux souvenirs et lui dit le plus grand bien de Laplonge qui avait remplacé Gabin.

Il fit donner à Prunelle une double ration d'avoine, « afin qu'elle en ait pour son saoul » et qu'elle soit « vive et courageuse pour le reste du voyage ».

À propos de Laplonge, ce dernier avait proposé, lui aussi, avec enthousiasme, de faire partie de l'expédition...

Le lendemain, à l'aube, Bertrand prit congé de son ami Fauquenelle non sans lui avoir promis de repasser à son retour...

En début d'après-midi, il fit son entrée à Amiens.

Aussitôt, il se mit en quête d'une auberge confortable où il pourrait passer deux nuits, avec la jument, en sécurité et ce pour le temps nécessaire à effectuer son enquête.

Son choix s'arrêta sur l'Auberge du Roi Henri.

L'aubergiste et l'hôtesse lui parurent sérieux et avenants.

Au terme d'un copieux repas réparateur, il demanda qu'on le conduise à sa chambre.

Celle-ci était correcte. Le couchage fait de draps de lin écru avait été changé pour l'occasion.

Fourbu, le dos meurtri, il s'allongea pour une bonne nuit de détente.

« À chaque moment sa peine, demain il fera jour... »

XIX

Retour de gourdins.

Bertrand se leva de bon matin.

Après avoir déjeuné d'une soupe et de pain trempé, il fit tournoyer le fouet sur l'échine de Prunelle. Celle-ci accoutumée à ce signal, plus spectaculaire que risqué pour ses oreilles, s'élança au trot vers les faubourgs.

Le cabriolet se faufila dans les ruelles sombres et malsaines des quartiers misérables de la vieille ville.

Des façades délabrées défilaient devant les yeux de notre enquêteur alors que la chaussée couverte de détritus dégageait des odeurs putrides.

Des corps repliés sous les porches ou recroquevillés à même les pavés terminaient leurs nuits d'errance dans un sommeil souvent alcoolisé.

D'autres silhouettes indéfinissables sortant de taudis, déambulaient en fouillant les tas d'ordures pour en extraire quelque piètre pitance, pour certains, seul moyen de subsistance.

Des enfants aux pieds nus couraient après leur cerceaux d'osier...

Le vieux chasse-marée savait pourtant que ces lieux inhospitaliers lui offriraient ce qu'il était venu chercher.

À plusieurs reprises, il tenta d'interpeller des passants, sans résultat. À chacun des appels, les gens s'enfuyaient comme s'ils avaient vu le diable.

Sans doute se méfiaient-ils des étrangers trop propres et trop bien vêtus.

Celui-là n'était pas de leur monde...

Il déambula longuement, jument au pas, dans les quartiers mal famés, continuant à interpeller, çà et là, quelques inconnus qui sans cesse se dérobaient.

Afin de tenter une autre approche il attacha Prunelle à un anneau et décida d'aller à pied sans perdre l'attelage de vue.

Il fouilla dans sa bourse et en sortit une belle pièce de monnaie qu'il brandit aux bouts des doigts.

La réaction ne se fit pas attendre.

Aussitôt quelques pauvres hères appâtés par cette étincelante aubaine tendue à bout de bras commencèrent, curieux, à prudemment s'approcher.

Qui était donc cet homme qui semblait vouloir distribuer un peu de chaleur humaine sous forme de monnaie sonnante ? Que voulait-il d'eux ? N'était-ce pas là qu'un piège de plus ?

Souvent, on ne les attirait que pour mieux les tromper et se moquer de leur misère. Parfois des empoignades éclataient. Des lames tirées des guenilles apparaissaient alors, menaçantes.

Mais cette fois, l'heure était inhabituelle, les bagarres se déroulaient le plus souvent la nuit et l'homme n'avait rien de menaçant.

— Celui ou celle qui me donnera le renseignement que je cherche aura cette pièce, à condition, bien entendu, que l'on ne me raconte pas quelque histoire imaginaire, dit Bertrand.

Une femme squelettique vêtue de lambeaux de tissus grisâtres avança d'un pas.

— Que veux-tu savoir et qui nous dit que tu ne vas pas nous tromper ?

— Bien au contraire, je suis chargé d'une enquête sur le groupe de voyous qui souvent vous agresse et agit toujours à l'heure à laquelle la marée chaussée est absente. Les autorités veulent mettre un terme à leurs agissements et pour cela j'ai besoin de savoir quels jours, ou plutôt quelles nuits, on peut les trouver, les prendre sur le fait et leur mettre la main au collet.

— Ils viennent souvent dans la nuit, veille du Dimanche marmonna la femme.

— Voilà trois jours, raconta un vieil homme appuyé sur son bâton, ils ont battu et assommé le vieux Lalampée. On lui a donné ce nom parce qu'il ne se rappelle pas du sien et qu'il n'est pas le dernier pour la "picole". Quand il est gavé de goutte ou de cidre, il bat le pavé sans avoir de cesse jusqu'au petit matin. Cet homme-là ne dort jamais. Il parle tout seul et fait aller les bras en riant de ses bêtises... Pour le moment on l'a emmené... peut-être, a-t-il trépassé à cause des coups qu'il a reçu...

— Pour sûr ! dit un autre, il ne méritait pas la bastonnade, car lui, n'a jamais tué une puce... malgré les misères qu'elles lui font !

Un éclat de rire général salua cette dernière affirmation... l'atmosphère se détendait...

— Vers quelle heure font-ils leurs descentes au faubourg, demanda Bertrand et par où arrivent-ils ?

— Ils attendent que la fatigue nous ait jeté au sol Monsieur, car voyez-vous, quand on a le ventre creux, seul un bon roupillon nous apporte un peu de force pour le lendemain... quand on se réveille...

— Ils arrivent tout droit de la rue que vous voyez, Messire, dit la femme aux guenilles en montrant du bout de sa canne. Nous autres on se fait tout petit comme on peut...

— Savez-vous à quel endroit ils se réunissent avant de venir ?

— À ça oui ! lança la femme, c'est dans les beaux quartiers sacrebleu ! On les a entendus chanter au 23 de la rue des Vanniers toutes fenêtres ouvertes. Ils vous lancent même des bouteilles et des verres sur la rue au risque d'estourbir le premier qui s'aventure...

Bertrand en savait assez.

— Vous m'avez apporté les réponses aux questions que je me posais, pour la peine, je vais vous donner de quoi vous remplir la panse pour la journée.

Il sortit quatre grosses pièces de sa bourse et les tendit à la femme qui se trouvait être la plus proche de lui.

Elle s'en saisit et partit en courant, suivit des autres clochards qui eurent tôt-fait de la rattraper.

Bertrand remonta dans son cabriolet.

Des cris et des jurons retentirent au bout de la rue. On se battait ferme pour avoir une part du gâteau...

Il observa un instant avec une certaine tristesse, le pugilat qu'il avait involontairement provoqué.

Ces pauvres gens ne savaient vivre que de violence et n'avaient pour seule religion que le "chacun pour soi"...

« *À force de misère, l'estomac mange le cerveau...* »

Afin de reposer son dos qui recommençait à le faire souffrir, Bertrand décida malgré la rapidité avec laquelle il avait réussi à collecter les précieux renseignements, de passer une autre nuit à l'auberge.

Installé devant une timbale de cidre, d'un air détaché, il questionna l'épouse de l'aubergiste qui attendait les clients du soir.

Posant des questions évasives, il désirait savoir si les gens de la ville en général, avaient connaissance des bastonnades qui se déroulaient dans les faubourgs.

— Comment va la vie dans votre bonne ville d'Amiens, demanda-t-il.

— Celle-ci est bien dure pour beaucoup. Les gens veulent bien s'habiller et bien manger, mais pour ce qui est de payer, les bourses ne pèsent pas très lourd et l'on n'a guère d'espoir de voir ces dernières mieux se remplir...

— Il existe pourtant bien une bourgeoisie dans cette ville ?

— Que oui ! Ceux-là ne comptent pas leur fortune et leurs rejetons ne se privent pas de gaspiller leur argent en beuveries et en débauches. Il paraît même qu'ils ont pour jeu de déflorer de pauvres filles qu'ils trouvent chez les gueux au pourtour de la cité. Quand la mère veut défendre sa fille, elle se fait bastonner et violenter elle aussi.

— Et les autorités...

— Mon pauvre Monsieur, les autorités, ce sont les parents de ces voyous les autorités et pour le cachot, on préfère la victime au bourreau. Au moins comme cela on évite le scandale... comprenez-vous ?

Et il comprenait Bertrand ! Il comprenait surtout qu'il convenait de ne pas commettre la moindre erreur...

De retour à Cayeux, les chasse-marée tinrent conseil.

On décida de former une petite troupe de volontaires qui se rendrait à Amiens le premier samedi soir où l'on serait de retour de la capitale et à une heure laissant assez de temps pour repartir à Amiens. Cette fois ce serait à dos de cheval, allégé des fourgons.

Afin d'être certains d'avoir des chevaux frais et dispos pour cette opération, on laisserait ces derniers s'économiser à l'écurie.

On choisirait les plus jeunes.

Au trot, une petite heure serait nécessaire pour atteindre le but.

Deux semaines plus tard, une terrible tempête s'abattit sur la côte. Les bateaux cloués au port ne purent se rendre en mer.

Profitant du manque de marchandise, Gabin et les autres décidèrent d'utiliser cette période creuse pour mettre à exécution leur projet.

Un nouveau convoi pour Paris serait organisé dès que les pêcheurs auraient repris la mer et débarqué une nouvelle marée.

En attendant, on allait s'employer à corriger comme ils le méritaient « ces voyous d'Amiénois ».

Bertrand Dassonval, à son grand regret, ne serait pas de l'expédition. Il n'était plus en mesure de jouer du bâton. Il avait fait son temps et puis n'avait-il pas déjà fait preuve de solidarité en s'étant déplacé à Amiens et en ayant mené rondement son enquête ?

Gabin, d'un aller-retour à la Jacquaire, laissa un pli prévenant Martine que le grand jour était venu et qu'il ne manquerait pas de l'informer du déroulement « de la grande rossée » dès son retour...

On fit un sévère choix de bâtons. Le bois devait être encore vert afin de ne pas se rompre au premier coup porté sur un crâne. Ils devaient être d'une longueur de quatre pieds et de la grosseur d'un manche de pioche.

Après une bonne ration d'avoine, on harnacha les chevaux. On fixa en croupe les gourdins, les bâts contenant la nourriture, des haillons pour se déguiser en miséreux et des chiffons en guise de bandes, destinés à panser les plaies éventuelles.

« Qu'elle soit volontaire ou accidentelle, une bosse est une bosse ! »

Arrivée en vue des portes d'Amiens, la troupe se regroupa pour se remémorer les dispositions déjà mûrement réfléchies :

- Ne pas attirer l'attention des habitants.
- Passer la porte de la ville un par un, ou parfois à deux maximum et à intervalles plus ou moins longs afin de ne pas se faire remarquer.
- Chacun se mélangerait à la foule.
- Pour le souper, on mettrait les chevaux au repos, à l'écurie de l'auberge du roi Henri.

(Bertand avait prévenu le couple d'aubergistes de l'arrivée prochaine d'un groupe de commerçants composé d'une douzaine d'hommes. Il avait pris pour prétexte que lesdits commerçants désiraient faire une tournée pour la recherche de nouveaux détaillants en viandes et fromages. (En outre, afin de brouiller les pistes il avait indiqué, sans plus de détails, qu'ils viendraient du Limousin...)

- Après le souper, le rassemblement final se ferait au pied de la cathédrale sur les douze coups de minuit.

- Au signal de Gabin, il faudrait se rendre au faubourg en ordre toujours dispersé mais cette fois deux par deux.

- Se couvrir la tête de capuches et se vêtir de haillons pour faire croire à des mendiants.

Et enfin,

- Se cacher sous les porches ou recoins sombres et guetter...

Bertrand avait expliqué que la bande de voyous arrivait toujours par le Nord et qu'ils écumaient le quartier en frappant aux portes, en lançant des injures et en recherchant le pauvre hère isolé, blotti sous quelque charrette ou recroquevillé pour la nuit contre une porte cochère, afin de le rouer de coups en se moquant de sa misère.

Gabin et Gus, chevauchant ensemble, parcoururent la ville, cherchant à se repérer.

Dassonval avait indiqué qu'il fallait descendre sur la gauche lorsque l'on fait face à la cathédrale et se diriger vers les faubourgs. Il avait indiqué des noms de rues à retenir. Chacun les avait notés sur un morceau de papier. C'était dans ces ruelles qualifiées de mal famées qu'ils ne manqueraient pas, aux dires des gueux qu'il avait interrogés, de tomber sur la bande à de Covel...

Aux douze coups de midi, les compagnons se retrouvèrent à l'auberge.

On rapprocha deux grandes tables pour les accueillir.

— Comme ça mes bons Messieurs, vous venez pour nous vendre vos fromages ? dit l'aubergiste.

— Et aussi notre bonne viande limousine, tendre et saignante à souhait, ajouta Bandrin.

L'aubergiste, avenant, se lança alors dans une longue énumération des détaillants Amiénois susceptibles d'être intéressés par leurs offres.

Tous écoutaient avec un léger sourire en observant le brave homme qui, en toute bonne foi, se mettait en quatre pour tenter de rendre un service, pourtant illusoire, à ses nouveaux clients.

L'après-midi, chacun de son côté, les chasse-marée se rendirent au faubourg afin de repérer leurs futures planques pour le soir.

À la tombée du jour ils se retrouvèrent à l'auberge pour le souper.

Gabin, avec aplomb, remercia chaleureusement le brave aubergiste pour son aide. Il lui assura qu'elle avait été précieuse. En outre, Charles lui promit qu'à l'avenir, lui et ses compagnons, ne manqueraient pas de l'honorer à nouveau de leur clientèle...

Le visage de leur hôte s'illumina devant tant de gentillesse.

— Par Dieu et ses Saints, Messires, sachez que l'auberge du roi Henri se fera un grand honneur d'accueillir à nouveau d'aussi agréables clients...

« Petit mensonge procure parfois grand plaisir... »

Après avoir réglé repas et hébergement des chevaux, Bandrin prévint l'aubergiste qu'ils repartiraient avant le jour, car ils étaient attendus à Limoges...

À l'heure dite chacun prit son poste.
Les rues semblaient désertes. Seuls, chiens et chats errants, se chamaillaient pour quelques détritus "gastronomiques" que les clochards du quartier avaient négligés.

De temps à autre, des bribes de monologues avinés provenant de quelques trottoirs éloignés, s'ajoutaient aux grognements et miaulements.

Dans leur tenue de miséreux, Gabin et Gus avaient pris place dans l'ombre d'un porche.
De fortes odeurs d'urine et de pourriture flottaient dans l'atmosphère.
Une femme sans âge, au pas vacillant, passa près d'eux en marmonnant des paroles inintelligibles. Savait-elle ce qui pouvait lui arriver ? Peut-être s'en moquait-elle, à quoi bon vivre dans un tel dénuement ...

Les autres compagnons, dans le même appareil, se trouvaient déployés à proximité, guettant en retenant leur souffle, le moindre signe.

Pygargue, qui était aussi du voyage, se tenait muette couchée contre Gabin. Par instinct elle savait qu'elle devait se taire.

Il était entendu que les premiers à apercevoir la bande de Covel donneraient le signal de l'attaque par un coup de sifflet.

Deux longues heures passèrent.

Peut-être que personne ne viendrait cette nuit, comment savoir ce qui pouvait passer par la tête de ces voyous ?

Pourtant Dassonval avait assuré que la nuit du samedi était bien celle que choisissait la bande pour opérer...

La cloche de la cathédrale sonna trois heures.

Avec des fourmis dans les pieds, on commençait à douter.

Gabin décida d'attendre encore une demi-heure. Si, passé ce délai, rien ne bougeait, il faudrait abandonner les postes et reprendre la route en reportant l'opération à plus tard en espérant qu'une autre occasion se présenterait.

Il n'était nullement question de remettre la chose aux calendes grecques, il fallait coûte que coûte mettre en terme aux agissements de ce de Covel, et lui enlever définitivement l'envie de revenir à la Jacquaire...

Il s'était engagé, auprès de Martine, à régler ce problème et il irait jusqu'au bout...

Des voix provenant de la ville se firent entendre. La longue attente serait-elle enfin récompensée ? Allait-on pouvoir se dégourdir les jambes et chasser les fourmis en corrigeant l'ennemi ?

Les bruits de pas et de chahut s'approchaient. Des coups de bâtons donnés au passage dans les portes, des jurons proférés à l'attention des occupants endormis, et de longs rires gras sans objet, contrastèrent avec le calme relatif du quartier.

Ce fût Sauvaget qui aperçut les silhouettes de six ou sept hommes bottés et masqués qui dévalait sa ruelle en faisant tourner leurs gourdins.

Il les laissa approcher.

Arrivant à sa hauteur l'un des hommes aperçut son *voiturin*, et prévint les autres.

— En voilà un ! Dépêchez vous avant qu'il ne déguerpisse.

Curieusement, le jeune compagnon de route de Sauvaget ne bougea pas d'un crin de cheval.

— Voyez-vous ça, les amis, il n'est même plus capable de réagir celui-là...

Le groupe se rua vers le porche.

Les deux doigts dans la bouche, Sauvaget lança un coup de sifflet strident.

— À nous chasse-marée ! cria-t-il.

Lesdits chasse-marée instantanément encerclèrent la bande de malfrats.

— C'est un guet-apens ! cria l'un d'eux.

Ils tentèrent bien de se défendre, mais plus habitués à rosser des innocents qu'à se mesurer à des combattants rompus à ce genre d'exercice, ils croulèrent lamentablement sous les coups.

Curieusement, des ombres sortant de nulle part vinrent se joindre aux chasse-marée.

Trop heureux de participer aux réjouissances, les gens de la cloche accouraient pour passer leur hargne sur ces « malfrats de bourgeois » qui les harcelaient chaque semaine.

À coups de pieds et d'injures, ils déchaussèrent quelques dents supplémentaires et s'enfuirent comme ils étaient venus.

Pygargue, elle aussi participa à la mêlée. À grands coups de crocs elle mit en charpie les riches pantalons de velours...

Gabin reconnut, à terre le grand dadais qui pleurait de frayeur en se cachant le visage. Il s'approcha, s'accroupit et soulevant par les cheveux la tête d'Armand il lui glissa à l'oreille :

— Avec le souvenir de Gabin Gerfaut et souviens-toi, on ne s'attaque pas aux chasse-marée impunément. Si tu persistes, la prochaine fois, ce sera le diable que nous t'enverrons rejoindre en enfer.

Gabin laissa retomber la tête sur le pavé et se releva. Il fit quelques pas et se retourna.

— Ah ! j'oubliais, un mot à la marée chaussée et, promesse de Gerfaut, vous irez rejoindre vos ancêtres. Nous connaissons le 23 de la rue des Vanniers...

— Aux chevaux les amis, murmura Gabin. Il ne fait pas bon moisir dans cette ville...

En silence le groupe regagna les écuries de l'auberge endormie.

Ils se mirent en selle et quittèrent la cité comme ils y étaient entrés.

Après quelques lieux de chevauchée, le visage fouetté par l'air pur de la campagne, débarrassé de la puanteur de la vieille ville, une certaine euphorie s'installa chez les cavaliers. Chacun y allait de sa blague. Des rires fusaient. Ils avaient réussi à mettre à mal ces « enfants de Satan ».

On ne tarissait pas de commentaires :
« Ceux-là ne recommenceront pas de sitôt à chatouiller les poissonniers de Cayeux », « peut-être même qu'ils réfléchiront à deux fois avant de redescendre au faubourg » ou encore : « ceux de la cloche ont appris à se rassembler pour se défendre ».
— Peut-être penseront-ils que nous étions de mèche avec ceux du quartier, dit Gabin. Si c'est le cas, ils craindront de nous voir revenir et tout laisse à supposer qu'à cette heure, dans l'état où ils sont, ils préfèrent voir nos talons...
Puis on se mit à chanter le refrain préféré:

« *Sur la route du poisson*
Sous le ciel d'azur
Va ton chemin garçon
Le vent dans la voilure

Sur la route du poisson
Sous le ciel bleu d'été

Va ton chemin garçon
Et vivent les chasse-marée... »

XX

Les conséquences.

Gabin, au retour, des "représailles" d'Amiens, informa Martine par le circuit habituel, de la pleine réussite de l'opération et lui proposa un nouveau rendez-vous nocturne.

Ces deux-là avaient hâte de se revoir...

Les nuits commençaient pourtant à devenir fraîches, mais qu'importe, se retrouver dans les bras l'un de l'autre effaçait miraculeusement tous les désagréments extérieurs...

Curieusement, les parents de Lestrange paraissaient soucieux.

Au cours d'un repas, Eugénie avait d'un ton inquiet, dit à son époux :

— Ne trouvez-vous pas, mon ami qu'Armand se fait rare ? voici près de deux semaines que nous ne l'avons pas vu au château. Serait-il souffrant ?

Le minotier, craignant sans doute de voir s'évaporer son projet d'alliance répondit sur un ton non moins angoissé :

— En effet la même réflexion m'a traversé l'esprit à plusieurs reprises. Si, d'ici Dimanche, nous n'avons pas de nouvelles, j'irai m'enquérir auprès de Maître de Covel des raisons de cette absence.

Martine ne disait mot. Le repas terminé, elle se leva et se dirigea en chantonnant suivie de Flocon, vers l'escalier qui montait à l'étage.
— Tu ne sembles pas très affectée par l'absence de ton futur époux, ma fille, fit remarquer le minotier.
— Vous savez ce que j'en pense, père, répondit sèchement Martine, moins je le vois, mieux je me porte et vous devriez cesser de cultiver des espoirs à son sujet...

Puis elle se retourna et lança :
— À ce propos, vous feriez bien de vous informer auprès de Julie de ce qu'on lui a rapporté concernant votre Armand de Covel. Venant de moi, vous ne le croiriez pas tellement c'est invraisemblable...

Germain de Lestrange fronça les sourcils et regarda sa femme, aussi surprise que lui, d'un air interrogateur.
Martine avait disparu...

— Que veut-elle dire ? Vous savez quelque chose, Eugénie ?

— Je n'en sais pas plus que vous, mon ami...

Il fallait que les minotiers soient informés sur la véritable personnalité du fils de notaire.

Après s'être entendus avec Julie, les deux complices avaient ensemble décidé qu'à la première occasion cette dernière, avec son franc parler, mettrait le chef de maison au courant...

Le moment attendu était arrivé.

Gabriel, qui n'avait rien manqué de la conversation, fut prié d'appeler la servante afin de l'interroger.

Cette dernière arriva en s'essuyant les mains à son tablier.

— Il semble ma chère Julie, que vous ayez des informations à nous communiquer...

— Et de quelles nouvelles grand Dieu, voulez-vous que je vous parle ? demanda la cuisinière le front plissé.

— Ne faites pas l'innocente, Julie, vous savez bien. C'est à propos d'Armand de Covel.

— Ah ! celui-là... figurez-vous Monsieur, qu'un marchand d'Amiens qui vendait ses carottes au marché m'a parlé de votre protégé.

— Et que vous a-t-il dit ?

— Je n'ose vous le répéter, Monsieur...

— Vous l'avez bien rapporté à Martine que je sache !

— Eh bien... c'est à dire que... Monsieur Armand est un beau voyou ! voilà !

Devant ce qualificatif aussi affirmatif, les époux de Lestrange restèrent interloqués.

— Voyons, Julie, en quoi ce jeune homme de bonne souche serait un voyou ?

Julie se lança alors dans l'énumération des méfaits que le jeune de Covel et sa bande faisaient subir aux pauvres hères des bas quartier d'Amiens. Elle parla des soirées de beuverie du 23 rue des Vanniers, et des jeux imbéciles qu'ils pratiquaient.

Le minotier visiblement agacé par ce déballage d'horribles forfaits, coupa court à la conversation.

— C'est assez Julie ! Vous n'auriez jamais dû porter foi à ces médisances et je ne crois pas un mot de ces ragots uniquement inventés pour porter préjudice à ce jeune homme que nous estimons.

— Que Monsieur pense ce qu'il voudra !
J'ai dit ce que je sais et il sera inutile plus tard de
venir me présenter des excuses quand
l'irréparable sera commis.

— Mais grand Dieu, de quelle chose
irréparable parlez-vous Julie ? demanda Eugénie
mal à l'aise.

Julie, hors d'elle, s'enflamma.

— Je dis ce que je dis, voilà tout ! Voilà-t-
il pas que c'est à moi de prévoir le bonheur ou
le malheur de votre petite Martine maintenant.
Je ne suis que votre vieille servante après tout,
mais toute domestique que je suis, j'ai des yeux
pour entendre et des oreilles pour... enfin, je
veux dire...

— Nous avions bien compris, coupa le
minotier, agacé par tant de véhémence, et nous
savons à quoi servent yeux et oreilles...
maintenant retournez donc à vos gamelles, et
que je n'entende plus parler de telles sornettes.

Julie tourna les talons, bouscula Gabriel
qui se trouvait toujours aux endroits
stratégiques et claqua la porte en bougonnant.

— Cette Julie devient irascible, déclara Eugénie. Avez-vous entendu avec quel aplomb elle nous parle ? Si elle n'avait pas été aussi irréprochable durant toutes ces années, je vous aurais demandé de la renvoyer séance tenante.

Le majordome qui s'était contenté d'écouter la conversation intervint :
— Sauf le respect que je dois à Monsieur comme à Madame, ne pensez-vous pas qu'une entrevue avec le notaire serait nécessaire afin de clarifier la situation, car il convient de reconnaître que Monsieur Armand est bien silencieux. Ceci ne lui ressemble en rien. Pas une visite, pas une lettre depuis dix jours, n'est-ce pas étonnant ?
— J'avais prévu de laisser passer le prochain Dimanche mais vous êtes de bon conseil mon bon Gabriel, vous ferez donc atteler dès demain à la première heure le cabriolet bleu afin que je me rende à Amiens, faire une visite à ce notaire. Je dois par ailleurs, l'entretenir d'autres affaires concernant le moulin et cela fera une bonne entrée en matière.

Comme toute étude notariale, celle de Maître de Covel, croulait sous les dossiers. Dès l'entrée dans le vestibule, des étagères de bois avachies par les ans, les vrillettes et le poids des minutes, témoignaient de l'activité intense de l'établissement.

La secrétaire du notaire, elle-même n'étant plus de prime jeunesse tentait de se retrouver dans le fouillis de paperasse qui encombrait un bureau de menuisier, taillé à la plane dans du châtaigner massif.

Une forte odeur d'encaustique à la cire d'abeille "térébenthinée", flottant dans une atmosphère confinée, irritait les muqueuses nasales.

Germain de Lestrange était accoutumé à l'austérité de l'endroit comme à celle de la réceptionniste, mais ce jour-là, il remarqua une certaine gêne à peine voilée chez la femme n'osait, visiblement, redresser la tête...

Il pensa, tout d'abord à un problème de cervicales ayant occasionné, chez la pauvre secrétaire un torticolis sévère.

Mais, observant la difficulté de clairement s'exprimer de cette dernière, il se dit que le torticolis avait bon dos...

Il semblait bien qu'une autre obscure raison paralysait la langue de la préposée au bureau de bois.

— Maître de Covel est en rendez-vous... je vais être obligé de... vous faire patienter dans la salle d'attente, Monsieur de Lestrange, dit cette dernière, peut-être pourriez-vous vous asseoir...

Les autres fois, jamais le minotier n'aurait été invité à attendre comme d'autres clients ordinaires. La secrétaire l'aurait prié de prendre place sur le fauteuil réservé aux gens importants qui se trouvait face à elle.

N'ayant pas la langue dans sa poche, jamais elle n'aurait laissé une seconde « le Sieur de Lestrange » bâiller aux corneilles. Elle lui aurait demandé des nouvelles de sa famille, interrogé sur la bonne marche de ses affaires, sur les propriétés des froments et escourgeons de l'année et complimenté sur la qualité de son « incomparable farine... ».

Bref ! Elle avait pour instructions de s'efforcer d'écourter au maximum l'attente de ce client hors du commun et s'y serait conformée.

Pour l'instant, l'ayant éloigné dans la salle attenante, mais toujours face à elle, elle fuyait son regard, se plongeait en apnée dans ses papiers et faisait en sorte d'éviter d'en "refaire surface". Elle semblait redouter qu'il lui adresse la parole.

Une lourde porte capitonnée s'ouvrit en grinçant. Un couple de clients quittait le bureau du notaire. Ce dernier accompagna complaisamment l'homme et la femme vers la sortie.

— Alors voilà qui est convenu, nous nous reverrons le 22, après que votre dossier soit de retour du greffe...

— C'est bien cela, Maître, nous vous sommes reconnaissants...

Le minotier senti venir son tour avec une certaine appréhension. Le climat ambiant ne lui disait rien qui vaille...

— Bonjour, mon cher de Lestrange, lança le notaire d'un air faussement enjoué. C'est toujours un vrai plaisir de vous recevoir.

Germain, quelque peu rassuré par l'accueil du notaire de Covel, répondit sur le même ton :

— Mes hommages, cher Maître, il en est de même en ce qui vous concerne...

Le minotier s'installa sur une des chaises inconfortables, destinées sans doute à écourter les entrevues, ou choisies à dessein pour décourager les bavards.

Il aborda d'un air détaché les quelques affaires en cours concernant la minoterie et autres biens familiaux.

Il prit des nouvelles de ses capitaux placés et des intérêts auxquels il pouvait prétendre en fin d'année.

Il passa sous silence les problèmes du moment, concernant la chute des prix de la farine victime des dernières et médiocres moissons...

Il se garda bien également de remettre en cause les tarifs d'honoraires pourtant exorbitants de l'homme de loi. Ce dernier ne se privait aucunement de tirer un maximum de profit de la mine d'or que représentait la minoterie de Lestrange.

Il faut ajouter qu'il ponctionnait le minotier avec un tel déploiement de courbettes et de flatteries que même un homme, aussi réfractaire aux flagorneries serait-il, n'aurait pas manqué de tomber dans le panneau. Il convient d'ajouter que pour ce qui était de la modestie, Germain de Lestrange n'était pas un modèle du genre !...

Vint le moment de se séparer en se souhaitant tous les bonheurs du monde.

Alors que le notaire s'apprêtait à regagner son bureau, Germain revint sur ses pas.

— Ah ! j'oubliais, dit-il, pardonnez mon étourderie, cher Maître, mais j'ai omis de vous demander des nouvelles de votre épouse ainsi que de notre cher Armand. Je serais impardonnable si je passais cette porte sans réparer cette maladresse...

Germaine, la secrétaire baissa un peu plus la tête semblant décidemment être totalement absorbé à trier son amas de paperasse.

— Mon épouse sort d'une mauvaise bronchite qui l'a épuisée, mais les drogues appropriées de notre médecin de famille ont eu raison de la maladie. Aujourd'hui elle ressuscite et a même repris ses œuvres auprès des malades des Petites Sœurs de la Pitié.

— Vous me voyez ravi, cher Maître, de l'heureuse issue concernant cette indisposition qui heureusement ne fut, à ce que vous me dites, que passagère... et votre grand jeune homme de fils, j'ose espérer qu'il n'a pas écopé de la même maladie...

Sur un ton plus emprunté, le notaire répondit :

— N'en doutez pas, cher ami, Armand...
est en pleine forme... comme on l'est à son âge,
ajouta-t-il en souriant. Lui aussi, avec son
groupe d'amis participe activement à la vie de la
cité et, Grand Dieu, ne manque pas
d'occupations...

Sur ces paroles réconfortantes, le minotier
s'apprêtait à prendre congé, quand la porte du
secrétariat s'ouvrit brusquement.
Armand fit son entrée.
— Voyez-vous cela, mon ami, dit le
notaire, lorsqu'on parle du loup...

En fait le loup était plutôt en piteux état.
Les deux arcades sourcilières aux couleurs de
l'arc-en-ciel étaient boursouflées tels des petits
pains au lait sortant du four. Courbé en deux il
semblait marcher avec peine, la main gauche
définitivement collée sur ses reins.
La jambe du même côté paraissait
irrémédiablement bloquée, l'obligeant à sautiller
maladroitement sur la droite pour se mouvoir.
En outre sa tête, soudée aux épaules, lui
imposait de ne se servir que de son abdomen
pour pivoter dans un sens comme dans l'autre.
Tentant avec une certaine fierté
grimaçante de se redresser, il salua le minotier.

— Mes hommages... Messire de Lestrange...

Germain, à son grand étonnement, remarqua chez son interlocuteur, malgré un perceptible effort à décoller ses lèvres, l'absence de trois incisives, ce qui complétait le tableau...

Armand ouvrit à nouveau péniblement la bouche pour tenter d'émettre un son, mais son père, plus rapide, vint à son secours.

— Dieu Jésus ! À étourdi, étourdi et demi, mon cher de Lestrange, j'ai moi aussi commis une omission de taille, j'aurais dû vous informer que mon fils a malencontreusement fait une chute de cheval. Ce malheureux accident a eu lieu alors qu'il se portait au secours d'un enfant en prise avec un malfrat qui tentait de lui voler une miche qu'il pressait sous son bras. Son pied est resté coincé dans l'étrier et sa monture l'a longuement traîné sur le chemin...

— Ah ! c'est donc cela, répondit le minotier d'un air soulagé, voilà la raison de son absence... enfin je veux dire que cette action de bravoure est tout à son honneur...

Puis s'adressant à Armand, il poursuivit :

— N'ayez aucune crainte mon garçon, il est des blessures qui sont respectables et cela ne saurait vous empêcher de nous rendre visite quand bon vous semblera.

Pourtant, sur le chemin du retour, un détail qu'il balaya trop vite de sa mémoire traversa l'esprit du minotier.

Curieusement, si le visage du jeune Armand présentait de multiples boursouflures, aucune trace d'éraflure n'apparaissait.
« Pourtant râper son visage sur un sol dur y laisse obligatoirement quelques lambeaux de peau... »

Germain secoua la tête. « Allons ! n'y pensons plus... et puis, suis-je sot, peut-être que, si éraflures il y avait, elles sont aujourd'hui vraisemblablement cicatrisées... »

À cet instant, pour Germain de Lestrange, une seule chose occupait son esprit : Annoncer la nouvelle au château.

« On peut se réjouir du malheur d'autrui quand la mauvaise nouvelle fait votre affaire ! »

En route, il fut contraint de ranger son attelage dans une entrée de champ. Un long convoi de mareyeurs, en provenance de Cayeux et en route pour la Capitale, déboulait à pleins tonneaux...

Au passage, un jeune chasse-marée fièrement campé sur sa peau de blaireau dans un geste magistral fit claquer son fouet...

XXI

Le coup du hareng.

Julie, à son fourneau, préparait un plat de harengs saurs au beurre blanc.

À l'aide d'une cuillère en bois, elle s'appliquait à ne pas brusquer la motte de beurre salé qui, tout en douceur, fondait dans la casserole.

Elle y inclut une pincée de thym effeuillé, quelques aiguilles de romarin, une branchette d'estragon et une demi-timbale d'un hachis de persil plat.

Au paravent, elle avait placé en réserve et mis à macérer dans deux gobelets de vieux muscadet tiré à la cave, une poignée d'échalotes du jardin finement émincées.

Le minotier appréciait les bons crus et ne manquait jamais de les faire déguster à ses invités lors des riches repas de réception.

Julie était seule autorisée, après lui, à pouvoir pénétrer dans le cellier de pierres de taille niché sous le château.

Elle choisissait alors le vin adapté et indispensable à la réussite d'une marinade ou autre délectation dont elle avait le secret.

La seule fois que le Maître avait fait preuve d'initiative pour imposer à la cuisinière le choix d'un cru, il s'en était mordu les doigts...

Lors d'un important repas et afin de paraître le fin gourmet qu'il n'était pas, il fit reproche à Julie un manque d'assaisonnement pour sa daube de sanglier.

Cette dernière, humiliée, lui avait répondu devant ses invités:

— Celui qui parle faux se mord la langue ! Monsieur ne devrait s'en prendre qu'à lui-même. Où as-t-on vu faire une marinade avec un cabernet moelleux de deux ans d'âge quand il aurait fallu un bon vieux Bourgogne tannique et sec à souhait d'un quart de siècle.

Le minotier dépité, en avait pris bonne note et avait décidé, quelque temps plus tard, de lui remettre les clefs du chai...

Mais revenons à nos saurins...

Après avoir fait réduire à sec, échalotes et muscadet, la cuisinière émérite émulsionna le tout dans le beurre frémissant.

Une onctueuse odeur de crème épicée envahit alors la cuisine.

Une larme de vinaigre ajouta le soupçon aigrelet, indispensable à cette préparation.

Cette dernière touche eut pour effet de renforcer le parfum ambiant au point de ne plus pouvoir résister à tremper un doigt...

Huit beaux harengs dorés, encore fumants, à peine sortis d'un noble court-bouillon corsé au laurier et pousses de poireaux, étaient couchés sur un long plat de porcelaine.

Ils attendaient sur la partie de fonte tiède de la cuisinière, d'être nappés de leur onctueuse robe de beurre blanc.

Le couple de minotier avait, ce Dimanche-là, invité à sa table le couple de Covel et leur fils.

Ce dernier, à la grande joie de Martine loin d'être dupe, avait décliné l'invitation sous prétexte qu'il n'était pas encore tout à fait remis de sa chute de cheval...

Après avoir rempli et vidé quelques verres de cristal lors des hors d'œuvres et entremets on évacua les questions-réponses de politesse sans intérêt.

L'atmosphère étant au beau fixe, on attaqua presque en même temps que le plat principal, des sujets plus sérieux portant sur les gros sous...

Le plat de harengs, porté fièrement par Julie qui, pour l'occasion, avait revêtu son tablier à bordure de dentelle, fut accueilli avec des Oh ! d'admiration.

Les oh ! furent immédiatement suivis de "Huuum" !

Lesdits gros sous, pouvaient bien attendre un peu...

Pourtant, le minotier, sans doute impatient de passer au sujet relatif à l'alliance des enfants, profita du silence ambiant pour l'aborder.

Alors que seuls des bruits de mâchoires se délectant du chef d'œuvre culinaire de Julie accompagnaient le tic-tac de la pendule comtoise, Germain prit les choses en main.

Il parla du bonheur des jeunes, de la date et de la cérémonie de mariage, des toilettes protocolaires, du curé, du bercail pour les jeunes mariés et de la dot que lui et son épouse avaient longuement préparée pour leur fille...

Souhaitant que le couple de Covel, annonce officiellement les contreparties précédemment envisagées, lors de rencontres entre les deux hommes, il se tut et attendit que l'on se vide la bouche.

Le notaire essuya la sienne d'un coup de serviette, toussota un peu, se tordit sur sa chaise, regarda son épouse, avala une gorgée de muscadet (de cinq ans d'âge celui-là) et enfin se mit à parler par saccades, comme pris soudain d'un étrange malaise.

— Mes chers amis, mon épouse et moi-même, nous nous demandons... grand Dieu que c'est difficile, je disais donc que nous nous posons des questions... sur... l'état mental de notre fils. Voilà qui est dit ! Depuis sa malencontreuse chute de cheval, il n'a plus toute sa tête. Voilà-t-il pas qu'il nous a annoncé tout de go qu'il avait renoncé à son alliance avec votre chère petite Martine ici présente. Nous avons bien tenté de résonner notre jeune Armand, de lui faire comprendre où était son avenir, qu'il ne retrouverait pas de sitôt un aussi bon parti... je veux dire une aussi séduisante et intelligente demoiselle. Rien n'y fait, il s'est enfermé depuis quelques jours dans un bien inquiétant mutisme.

La femme du notaire prit à son tour la parole.

— Nous sommes désolés de cette situation, vous nous voyez vraiment confus...

Martine qui ne les avait pas trouvés aussi confus pour s'en mettre plein la panse, déclara en arborant un large sourire :

— Surtout ne le brusquez pas, rien ne servirait de forcer ses sentiments à mon égard, j'essaierai tout bonnement de m'en remettre...

Durant cet invraisemblable coup de massue, le couple de minotiers rendus soudain muets comme des saurins de la Manche étaient devenus livides.

Adieu Baux, actes, millions, projets ! Aux yeux de Germain atterré, c'était le monde entier qui s'écroulait...

Pourtant une incroyable nouvelle en attirant une autre, Martine, estimant qu'elle n'avait plus rien à perdre se leva d'un bond et déclara :

— Eh ! bien puisque c'est ainsi j'épouserai Gabin !

De blanc livide, le visage de son père tourna au cramoisi.

— Que dis-tu ? Gabin, quel Gabin, de qui parles-tu ?

— Je parle de Gabin Gerfaut, le chasse-marée, père.

— Mais par tous les Saints du ciel, qu'est-ce donc que ce nouveau caprice ? tu n'y penses pas, qui est ce chasse-marée, un va nu-pieds sans doute ?

— Ce va-nu-pieds comme vous dites père est celui que vous avez autorisé à nous servir en poissonnaille quand il était encore brouettier. Nous avions sympathisé au bal de la Saint-Jean, nous nous sommes revus en secret et nous nous marierons à la nouvelle Saint-Jean, notre décision est prise !

Alors qu'Eugénie entrait dans une phase d'anéantissement proche de celle d'un zombi, Germain totalement décontenancé et ne sachant plus que faire, se vengea sur le saurin. D'un coup de colère il attrapa dans sa cuillère un énorme morceau qu'il enfourna, pour ne pas hurler de fureur.

Ce fut à ce moment précis que le hareng au beurre blanc entra en action.

Il fit le choix de l'arête la plus raide, la plus grande, la plus acérée, la plus courbée.

Celle qui se trouve juste derrière l'ouie et qui va de l'épine dorsale à l'abdomen.

Il la planta jusqu'à la garde, avec la précision d'un picador au beau milieu du gosier de notre infortuné minotier.

Le visage de ce dernier tourna au rouge violacé, sa poitrine se gonfla, sa nuque se raidit. Dans un bruit de bombarde exagérément chargée en poudre, il expulsa le trop plein resté calé dans ses joues dans un jet sous pression qui tapissa l'ensemble du couvert. Pris de tremblements et n'y tenant plus il se tapa l'arrière-train trois fois sur sa chaise, se leva comme un ressort de farces et attrapes, courut quatre fois autour de la salle à manger, sauta encore une fois à pieds joints en s'étouffant et tomba de tout son long, raide mort sur le tapis Persan au grand étonnement des convives abasourdis.

Le docteur Martiguet, que Gabriel, à la hâte, était allé quérir, ne put que constater le décès.

Le cœur n'avait pas supporté une telle épreuve.

Cette nuit-là, Martine laissant un instant Julie veiller le mort, s'en alla sangloter dans les bras de Gabin, lequel, non informé du drame, l'avait attendu dans le bois.

Elle se sentait responsable...

« Même si l'accord n'est pas parfait, un père reste un père... »

Gabin lui parla doucement. Il lui assura que nul ne pouvait être responsable des facéties d'un hareng. Longuement, tout en lui caressant les cheveux, il la rassura, la consola...

Maintenant que leur secret avait été dévoilé, il serait toujours là pour la soutenir dans les épreuves à venir.

Il fallait laisser passer les obsèques et quelques jours de réflexion, ensuite tous deux envisageraient l'avenir...

Les obsèques de Germain de Lestrange furent grandioses. Une foule compacte se pressa à la cathédrale. Les proches et amis de la famille, les relations d'affaires dont les de Covel faisaient partie, vinrent accompagner le défunt pour sa dernière demeure.

Ce fut l'évêque Jean-Batiste de Laubrière, en personne, qui, entouré de sa cour de prélats costumés, célébra la messe.

À grands renforts de battement d'ailes œcuméniques, il prononça un long sermon qui dura presque deux heures.

Il retraça le parcours du « grand homme », énuméra une à une ses « immenses » qualités morales et professionnelles, en passant, bien entendu, sous silence, les côtés moins avouables du personnage.

« *Notable qui trépasse est homme parfait.* »

Au cimetière, après avoir jeté sur le cercueil, la poignée de terre traditionnelle, chacun pris congé de la famille proche non sans avoir présenté ses « sincères condoléances » à la pauvre veuve plus morte que vive, soutenue moralement par Martine et Julie et physiquement par Jean et Gabriel.

Une page se tournait...

XXII

Épilogue.

La pendule comtoise, qui semblait s'être retenue jusque-là, sonna huit heures.

Le notaire de Covel, les mains au dos, tournait nerveusement en rond dans son bureau. Qu'allait-il advenir de la minoterie de Lestrange, maintenant que son propriétaire était décédé ?

Il envisageait le pire : la vente du moulin à un inconnu qui lui retirerait sa principale source de profit.

Deux semaines étaient passées depuis le tragique accident et il n'avait eu de la veuve de Lestrange aucune information sur ses projets.

N'y tenant plus, il attela son cabriolet et prit le chemin de la Jacquaire.

Pourtant, à son insu, les choses avaient considérablement évolué au château.

La minotière, incapable de surmonter sa peine se nourrissait à la tisane de tilleul pour sombrer dans de longs sommes qui la faisaient oublier...

Martine, devant ce constat, étant consciente qu'elle ne devait compter que sur elle-même pour rétablir la situation, décida qu'elle serait dorénavant la seule maîtresse de maison.

Elle appela Gabriel, Jean et Julie. Elle convoqua également celui qui depuis des années était le bras droit de son père.

Répondant au nom de Bastien Asselin, cet homme robuste et énergique se dévouait corps et âme au moulin. Il supervisait le personnel, résolvait tous les problèmes d'intendance, surveillait la fabrication et avait carte blanche pour accepter ou refuser les livraisons, selon leurs qualité du froment, de l'avoine ou de l'escourgeon,.

En somme, cet homme de confiance à qui Germain de Lestrange déléguait tous ses pouvoirs, veillait au grain...

Après avoir avec peine tiré sa mère du lit et l'avoir ensuite installée sur un fauteuil afin de lui permettre de prendre part entre deux sommes, à la réunion, elle prit la parole.

— Chère maman et vous mes amis, je dois vous entretenir d'importantes décisions que j'ai prises afin de pérenniser notre entreprise de meunerie et de continuer, malgré l'absence de mon père, à bien nous entendre.

Eugénie leva une paupière, fixa l'assistance d'un œil torve et retomba dans le sommeil léthargique qu'elle n'avait plus la force de combattre.

L'absence de l'amour de sa vie l'anéantissait. La moitié d'elle-même avait rejoint le mort dans sa tombe... Qu'adviendrait-il de l'autre moitié ?

Devant ce spectacle, une ombre passa dans les yeux de Martine.

Immédiatement elle se ressaisit et continua :

— Dorénavant, je ferai de mon mieux pour assurer la gestion de l'entreprise. Pour ce qui est du moulin, je m'appuierai sur vous Bastien, je sais que je peux compter sur votre honnêteté et votre professionnalisme, aussi j'ai décidé de vous donner le titre officiel de : Régisseur. Nous discuterons ensemble, ultérieurement de vos conditions qui seront à ce titre, révisées comme il se doit. Pour vous Gabriel, vous continuerez comme par le passé à jouer votre rôle de majordome, sauf que dorénavant c'est à moi seule que vous devrez rendre vos comptes. Quant à toi chère Julie et toi mon bon Jean, sachez que rien ne pourra ternir la tendresse que j'ai à votre égard, je crains qu'en ce qui te concerne, Julie, tu aies à t'occuper de plus en plus de ma pauvre mère qui, comme tu le vois, ne parvient pas à surmonter sa peine. Autre chose importante, nous avons décidé, Gabin et moi de nous unir pour la prochaine Saint-Jean.

Julie, suivie par toute l'assistance, ne put s'empêcher d'applaudir à cette heureuse nouvelle. Eugénie tirée de son assoupissement par les claquements de mains marqua un semblant de surprise et se rendormit.

Se tournant vers Gabriel, Martine précisa,

— Dorénavant, Gabin aura accès au château comme il le souhaitera. Je vous prie, Gabriel, de lui remettre à sa prochaine visite, un double des clefs du portail que vous irez faire fabriquer sur le champ à Cayeux. Ceci lui évitera d'avoir à tirer sur la cloche... Voilà mes amis, j'ai dit le principal, chacun maintenant peut reprendre ses occupations.

La vie suivait son cours...

Inutile de préciser que lorsque le notaire arriva au château et après que Martine l'eut informé des dernières dispositions prises, il fut à la fois ravi de constater qu'il n'était nullement question de vendre l'affaire, mais plus circonspect quant à la réussite de la nouvelle direction prise en main par la jeune Martine.

Il craignait et pour cause, que les relations ne soient plus ce qu'elles avaient été avec Germain de Lestrange son père.

Il pensait bien.

Dès son entrevue avec sa nouvelle cliente, cette dernière plaça avec une extrême précision les points sur les "I".

Elle lui demanda de lui présenter les états des placements en cours, ceux de la finance en général et de préparer un détail écrit des honoraires qu'il pratiquait, afin de revoir, « ensemble et en bonne intelligence », les taux pratiqués pour ses prestations...

Le notaire s'en retourna. Il se dit qu'il était temps qu'il mette de l'eau dans son cidre et qu'il faudrait dorénavant faire preuve de diplomatie avec la demoiselle de Lestrange. Il avait remarqué, à son grand étonnement, que Martine s'était bien gardé de lui demander des nouvelles d'Armand. Il avait bien risqué une ultime tentative à ce sujet, mais elle l'avait carrément interrompu.

— Vous ferez bien, cher Maître, de ne plus m'importuner avec votre fils. En ce qui me concerne, il n'existe plus.

— Il en sera fait selon votre volonté, chère Martine, je me garderai bien d'insister...

— Voilà alors une bonne résolution. Ainsi, les choses seront claires entre-nous.

Gabin, avec ses compagnons habituels, revenait de la Capitale.

Ce soir-là était un grand jour.

Il avait été officiellement invité avec ses parents à dîner au château.

Martine désirait que lui et sa famille fassent connaissance avec sa mère.

Elle avait longuement préparé la pauvre femme à cette entrevue, mais cette dernière n'avait en fait, eu d'autre réaction que celle de hausser mollement les épaules et poser la main sur celle de Martine.

Elle avait fait sa vie, ce que sa fille décidait était bien...

Mais les deux amoureux avaient préparé une belle surprise : l'annonce de leurs accordailles.

La famille Gerfaut fit toilette.

Lorsqu'il arriva à la maison, Gabin constata que ses parents étaient dans un état d'anxiété épouvantable. Sur leur trente et un depuis le matin, vissés sur leurs tabourets, serrés l'un contre l'autre, ils attendaient depuis des heures le retour du chasse-marée.

Jamais ils n'avaient été conviés à un repas de châtelains.

Marie, la veille déjà, n'avait cessé de mettre les fers à chauffer sur le coin de l'âtre et de repasser les vêtements de fête pour cette grande occasion.

— Dépêche-toi mon garçon, lança Marie anxieuse. Il ne faudrait pas que nous manquions aux convenances et que nous fassions attendre ces gens.

— Personne, mère, connaissant les aléas de la route, n'a imposé d'heure. Rassurez-vous et reprenez tous deux vos esprits Martine est une jeune fille sans manière et Julie la cuisinière a fait en sorte de préparer un repas qui pourra être réchauffé à tout moment. Vous voyez bien qu'il n'est point besoin de s'inquiéter.

— C'est que nous devons nous rendre chez Bertrand, sortir le cabriolet et atteler Prunelle, puis faire le chemin pour la Jacquaire, s'inquiéta Guillaume...

Le portail était grand ouvert en signe de bienvenue.

Martine apparut sur le perron, vêtue de sa robe de la Saint-Jean. Elle avait voulu que cette soirée soit le symbole de leur première rencontre.

La carriole s'arrêta au bas du grand escalier.

Gabin aida sa mère à descendre tandis que son père mettait maladroitement pied-à-terre de l'autre côté de la voiture.

Gabriel, quelque peu déridé pour l'occasion et Julie radieuse se tenaient derrière leur jeune maîtresse.

Afin de rassurer Marie qu'elle devinait troublée, Martine lui prit affectueusement le bras et l'accompagna ainsi dans le vestibule.

On laissa aux domestiques, vestons et chapeaux, on fit les présentations agrémentées de quelques mots de bienvenue et l'on prit place à la grande table.

Guillaume ressentit comme un grand honneur d'être placé près de « Dame de Lestrange » et Marie quant à elle fut rassurée d'avoir pour voisin de table, Gabriel.

Ce dernier, plus gêné que sa voisine, dînait pour la première fois à la table des Maîtres !

Il en était de même pour Jean et Julie qui avaient été conviés eux aussi à faire partie des convives. Placés en bout de table ils pouvaient ainsi, faire le service et participer au repas.

Martine avait dit à Gabin :

— Je veux que ce repas soit celui d'une grande famille, peu m'importe le rang. Je ne vois aucune raison pour différencier les étoiles sous lesquelles chacun a vu le jour...

Pour la mise en bouche, Julie servit un vin de noix.

Ce fut à ce moment que Julie et Gabin se levèrent pour annoncer leurs "accordailles", (nos fiançailles d'aujourd'hui). Gabin tira de sa poche un écrin de satin rouge, l'ouvrit, préleva une fine bague d'or surmontée d'un rubis serti.

Martine émue accepta, en versant une larme, cette preuve d'amour.

Plusieurs mois passèrent...

Guillaume se faisait vieux et malgré la désapprobation de Gabin et de Marie ne pouvait s'empêcher de sortir en mer, par temps calme toutefois...

Le chasse-marée pouvait maintenant subvenir aux besoins de ses parents et n'avait qu'un désir : les voir prendre un repos bien mérité, après une existence à trimer sur le port et sur l'eau.

Le solstice d'été arrivait à grands pas avec les réjouissances de la Saint-Jean.

On préparait les épousailles.

Déjà Jean, aidé de Guillaume avec lequel il s'était lié d'amitié, entassait les branches nécessaires au grand feu de joie que l'on embraserait le soir de la grande fête.

— Ces deux-là, avait dit Julie à Marie, en parlant de Martine et Gabin, ne failliront pas à la coutume. Ils ont fait un bon nombre de tours de bûcher l'an passé, ils se marieront dans l'année.

Pour une belle fête ce fut une belle fête !

On invita les proches, les amis, les voisins dont le couple Bairier et l'incontournable Dassonval ainsi que les autres chasse-marée et leurs *voiturins*. Ils furent chargés, avec leurs attelages superbement fleuris de faire une interminable haie d'honneur.

Devant l'autel de l'église, Martine parée d'une longue robe de soie blanche et serrant dans ses mains un bouquet d'églantines fit l'admiration de tous.

Gabin quant à lui, richement vêtu d'un costume de coutil noir et chemise à col froncé de soie blanche représentait aux yeux des curieuses venues assister à la cérémonie, le marié idéal dont elles rêvaient.

Après la messe, durant laquelle les deux jeunes gens prononcèrent le "oui" qui les liait pour le meilleur... et pour le meilleur, ils défilèrent lentement sous les applaudissements entre les chevaux toilettés, étrillés et peignés comme des vedettes de champs de courses et attelés aux *fourgons* de bois eux-mêmes cirés pour l'occasion. Les cerces de roues frottées au sable fin, brillaient sous les rayons d'un soleil ardent.

Les chasse-marée en habit de fête, eux aussi, se tenaient fièrement sur leur peau de blaireau, fouets à la main pendant que les jeunes *voiturins* lançaient à pleines poignées une pluie de blé, sur les nouveaux mariés.

Tous se retrouvèrent à la grande table installée sous les tilleuls du parc de la Jacquaire.

À l'orée du bois, les chevaux dételés tinrent conciliabule en courtisant Prunelle qui faisait sa précieuse.

Pygargue, qui appréciait la compagnie des bêtes de trait, avait fini par accepter une paix relative avec flocon. Ces deux-là s'ignoraient...

Julie avait longuement préparé sa grande spécialité qu'elle appelait fièrement : "La royale de saurins".

En fait, il s'agissait d'une soupe de harengs accompagnée de langoustes et homards décortiqués et émincés, de coques, moules et huîtres *écaillées*, et de belles *chevrettes* roses déshabillées et étêtées. Une bonne lampée de blanc sec venait relever l'ensemble. Le tout était rehaussé d'un bouquet garni et d'un autre de fenouil des prés. Quelques louches de crème ajoutées apportaient une parfaite onctuosité au suprême bouillon...

Inutile de dire que la cuisinière vola l'honneur aux fiancés. On n'avait de louanges que pour le merveilleux met que l'on dégusta avec délice.

Par trois fois, on renouvela les imposantes soupières pleines jusqu'au col.

On mangea, on but, on chanta, on mit le feu au bûcher, on dansa et l'on fit la ronde au son de la viole, jusque tard dans la nuit...

Alors que la dernière flamme se mourait les invités prirent congés en félicitant encore et encore les mariés. Ils firent de même pour la minotière qu'un demi verre de blanc d'Alsace avait quelque peu requinquée. Les parents Gerfaut, eux aussi, eurent droit aux honneurs du départ.

Bref ! la fête fut belle et le reste de la nuit pour les nouveaux mariés ne fut que douceur !

« *Heureux ceux qui passent une nuit blanche par amour...* »

Dans les jours qui suivirent chacun reprit ses occupations.

Martine se rendait quotidiennement à la minoterie, Gabin à ses tournées, Eugénie à ses siestes, Julie à ses fourneaux et Gabriel qui n'avait plus grand-chose à espionner, accompagnait de plus en plus fréquemment *le moulin à crottes,* au bois.

Pour ce qui était de Guillaume et Marie, sur l'insistance de Martine, on les voyait de plus en plus souvent au château.

Julie avait trouvé en Marie une véritable confidente et Eugénie, la brave veuve sommeillante, ne dédaignait pas la présence du couple Gerfaut, lesquels disait-elle étaient « des bonnes personnes bien attachantes... »

Il en était de même pour Jean qui, par la bouche de Guillaume, s'instruisait sur les pratiques de la pêche côtière et en retour se faisait un plaisir d'enseigner à ce dernier comment on nouait les poireaux « pour leur faire de belles jambes. »

Pourtant à entendre les grands éclats de rire des deux hommes, les discussions ne devaient pas toujours porter sur la pêche et le jardinage...

On fit peindre une nouvelle enseigne pour la minoterie. Placée au-dessus de la grande porte, elle était en caractères jaune d'or pour le blé et sur fond bleu pastel pour la mer.
On pouvait dorénavant y lire :

"GRANDS MOULINS GERFAUT de LESTRANGE".

Un soir, alors que Gabin était rentré de tournée à une heure pour une fois convenable, Martine, au beau milieu du repas laissa, prise d'un malaise, tomber sa tête sur l'épaule de son jeune époux alors que ses mains glissaient mollement de la table.
Aussitôt, ce fut l'affolement général. Gabin la souleva et la déposa avec précaution sur le canapé. Gabriel s'apprêtait déjà à s'en aller quérir le médecin, quand Julie, un flacon d'alcali à la main, s'approcha et le passa sous le nez de la jeune femme. Les vapeurs d'ammoniaque eurent tôt-fait de réveiller Martine.

Julie avec sa diplomatie habituelle, s'adressant alors à Eugénie qui était en transes, déclara :

— N'ayez crainte Madame, votre fille est grosse, voilà tout !

Dès lors, rien ne fut trop bon pour la future maman :

les petits plats de Julie, qui assurait qu'il fallait qu'elle se nourrisse pour deux, les attentions de Gabin qui ne savait plus que faire pour qu'elle ne se fatigue et Eugénie qui, à l'étonnement de tous, s'occupait à tricoter moufles, chaussons, bonnets de laine et autre layette ornée de rubans de soie.

Six mois plus tard, alors que son ventre prenait des rondeurs imposantes, Martine ressentit plus qu'à l'habitude de forts coups répétés venant de l'intérieur.

Elle en fit part à Julie qui se trouvait être en discussion animée avec Eugénie.

Les deux femmes tentaient de faire un choix sur la meilleure façon de procéder pour exécuter une série de mailles complexes.

Gabin assis au secrétaire, essayait quant à lui, de se concentrer à faire des comptes...

— Je sens le bébé qui tambourine, lança Martine.

Julie posa la main sur le ventre de la future maman, fit signe de se taire, ferma les yeux, fronça les sourcils et resta un long moment immobile.

Tous attendaient le verdict.

Sortant tout à coup de sa réflexion, celle qui avait été la plus brave des nounous et qui comptait bien le redevenir à court terme, déclara :

— Foi de Julie ! à voir les coups de botte qu'il donne celui-là, c'est un petit chasse-marée que tu vas nous faire ma belle.

— Alors si tu dis vrai nous avions déjà choisi son prénom, répondit Martine, nous l'appellerons Jeangui !

— Jeangui ? s'étonna Julie, voilà un bien curieux prénom.

— Il sera le sien, en honneur des deux grands-pères, Jean pour Gerfaut et Gui de Guillaume pour de Lestrange.

Alors qu'Eugénie semblait ravie, Gabin, se projetant dans l'avenir, se prit alors à rêver.

Il montrait à son fils, le port grouillant d'amis afférés, les grands-voiles des bateaux claquant dans la brise d'ouest, la mouette rieuse, incorrigible voleuse, s'échappant munie de son larcin et le goéland tutoyant la vague, en quête de nourriture.

Il le voyait déjà rire de bon cœur en observant Pierre Castelene, le *juré sauteur*, tassant comme un beau diable le couvercle d'un tonneau de harengs.

Il l'emmenait pour de longues chevauchées campagnardes, calé entre ses jambes sur la peau de blaireau.

Il lui faisait humer le parfum de la mousse au passage d'un bois, celui de la menthe aquatique d'un ruisseaux, ou découvrir la morille de printemps cachée dans les hautes herbes d'un pré...

La tête bourrée de projets, il se rapprocha de sa femme et la serrant dans ses bras, se laissa à nouveau bercer par des pensées futures.

Cet enfant qui se manifestait en profitant, confortablement installé dans le giron de sa jolie maman, serait bientôt le rayon de soleil qui illuminerait le château.

Il serait le petit nouveau, la suite, le regain.

Un jour viendrait où pour lui, Gerfaut le chasse-marée, les os rompus par les trop longues chevauchées qui ne lui laisseront que le choix de mettre pied-à-terre, un beau et robuste garçon serait là pour la relève.

Le nouveau chasse-marée né de l'amour d'une minotière et d'un mareyeur, d'un magistral claquement de fouet, prendra à son tour le chemin des poissonniers.

Il galopera droit devant lui pour que ne cesse et pour longtemps encore l'interminable épopée indispensable à l'approvisionnement de la Capitale.

Ce sera le même chemin fait d'embûches et d'incertitudes toujours surmontées. Contre vents et marées et quoiqu'il advienne, il accomplira avec grande fierté l'épopée digne de comparaison avec la noble épreuve des temps antiques que fut le marathon...

Marathon, certes ! parole de chasse-marée, le mot n'est pas trop fort pour qualifier celui du hareng...

Principales références historiques : "Le chasse-marée de Picardie
sur la route du poisson"
de Lucette Fontaine-Bayer. 1993.

www.ingramcontent.com/pod-product-compliance
Lightning Source LLC
Chambersburg PA
CBHW070221260626
47160CB00002B/627